トロナお別れ事務所

ソン・ヒョンジュ
古川綾子〈訳〉

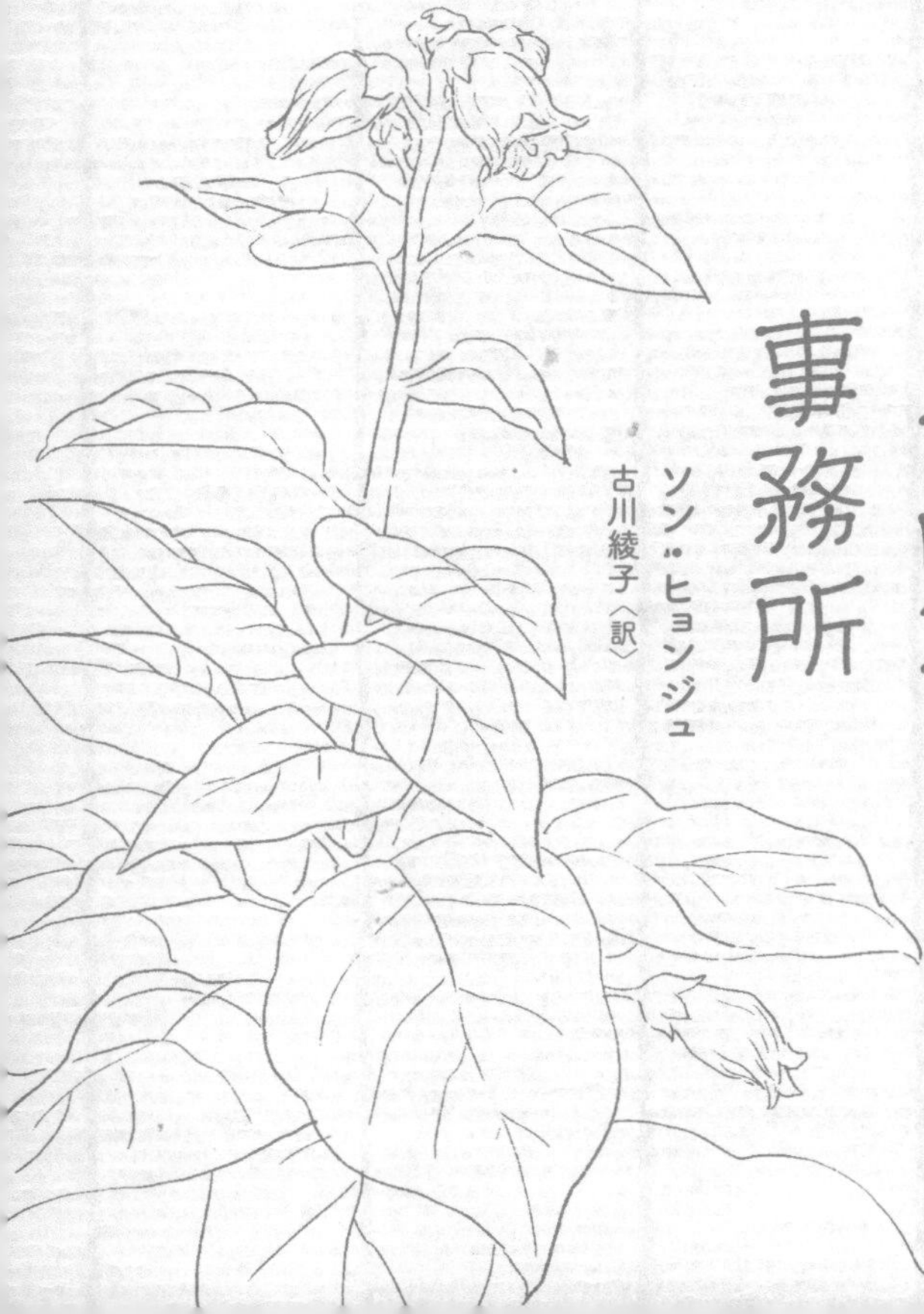

ハーパーコリンズ・ジャパン

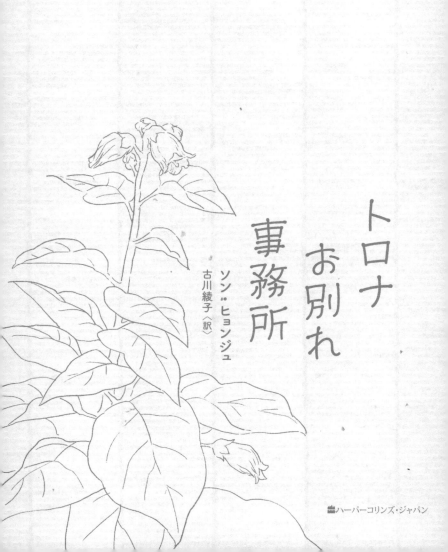

도로나 이별 사무실

Published by K.K. HarperCollins Japan, 2021

死に別れ、冷めて別れ、
飽きて別れ、金の切れ目で縁が切れ、
どんな別れも
〈トロナお別れ事務所〉が代行致します。

イラストレーション 丹地陽子　ブックデザイン albireo

トロナお別れ事務所

1

依頼人のファン医師の第一印象は地味でおとなしそうな人だった。白いガウン姿で一睡もできないまま、ERで朝を迎えたようだ。ガウンに反射する照明のせいか、患者だと言ってもおかしくないような血の気のない顔をしていた。いかにもERで徹夜したという感じで目も充血していた。でも、前髪で半分ほど覆われた顔には、どこか品格が漂っていた。研修医になって二年目のファン・ソグォン。私にとってはじめての顧客で依頼人だ。

「また変わったんですね」

彼の最初の言葉だった。

「えっと、前の担当は退職しました」

前任者に依頼したかったようだ。私は急いで財布から名刺を取り出した。

「イ・カウルと申します。昨年も利用されましたよね？　記録が残っていました」

私の言葉に彼は少し慌てたようすを見せた。口が滑った。今のは彼が浮気者だという誤解を招きかねない。うちの会社にしてみたらお得意さまだけれど、そんなの依頼人にはどうでもいいことだ。彼のただならぬ表情に気づいた私は、できるだけ口角を上げながら急いで話題を変えた。

「とりあえずお相手の情報と、思い出の品も一緒にいただけますか」

ようすをうかがいながら会社のマニュアルどおりに話した。彼の目つきを見ると、さっきよりは落ち着いたみたいだった。その目を見ながら勇気を振り絞り、もう一度尋ねた。

「その方とお別れしなければならない理由をうかがってもよろしいですか？」

今度はいちいち訊《き》く必要のない余計な質問をしてしまった。

「どうしても言わなきゃいけませんか？」

彼のゆっくりとした口調が不快感を表していた。

「トラブルなくお別れするためには、それくらい知っておきませんと、依頼人のお役には立てませんので」

「たいした問題じゃありません。ちょっと休みたいんです。週末は昼寝もしたいし、平日は病院の業務にもっと集中したいし」

「休みたい？」

彼のふざけた答えに拍子抜けした私は聞き返した。

「正直言うと、もう今はすべてが面倒くさいんです。二人のあいだに少しずつルールが作られていくのが、なんていうか縛られてるように思えて。そういうのって疲れるじゃないですか。僕たちのように、常に緊張感にさらされる職業の人間にとっては拷問ですよ。そろそろ自分の失われた週末を取り戻したいんです」

彼はシニカルな表情で予想外の答えを返してきた。もう少し睡眠時間を確保したいなんて些細《ささい》な理由が別れにつながるとは新鮮ですらあった。女性に飽きたわけではない、ひとりの時間が必要なのだという言葉に警報が鳴り響く。このご立派な言い分は本当に別れたい理由のラッピングみたいなものだ。過酷な競争社会とはいえ、恋愛もできないなんてと苦々しさを覚える。

「そうかもしれませんね」

依頼人に同調するように肩をすくめて相槌《あいづち》を打った。

「彼女にこんなこと言ったら、きっと頭がおかしくなったのかって思われますよ。病院はいつも研修医が足りない。それが問題なんです。一カ月近く徹夜が続いてトイレで仮眠をとったり、今までそんなこと一度もなかったのに睡眠時遊行症まで発症しちゃって、病院のロビーで目が覚めたこともありました。合間を縫って恋人と会ったりもしますけど、気持ちはほとんど病院に拘束されてるようなものなんです。だから恋愛を長続きさせるのも難しくて」

かなり現実的な悩みだった。彼の切実さに応えるように笑顔で告げた。

「弊社が責任をもって、失われた時間を取り戻してさしあげます」

「本当に解決してくださるんですね？」

彼と話していると、病院という場所は恋愛もできない冷酷な現場だという気がしてきた。でも心の片隅には猜疑《さいぎ》心も芽生えていた。原因は本当に慢性疲労だろうか？　もしかすると二股をかけている？　自分の必要十分条件を満たす期間限定の恋愛がしたいタイプ？　あらゆる想像が頭の中を駆け巡った。彼はわずか六カ月前にも前任者に同じような理由を並べ立てたらしい。恋愛疲れは目的が消えたときに生じる。別れの兆候は愛されていないときに現れる。つまり愛は冷めたのだ。テンションの上がらない恋愛の終焉《しゅうえん》は、彼にとって明らかに疲労の原因なのだろうとぴんときた。

「研修医の時期が一番大変だと聞きますが、いっそのことその方とご結婚されてはいかがですか」

「結婚？　あんな重たいものを、なんでまた」

しょうもない質問を投げることで、依頼人の心をもう一度引っかき回してみた。彼はファンタジーの時間はもうおしまい、現実に戻ったのだと言わんばかりの冷ややかで理性的な態度だった。

「それでは、お相手の個人情報と、返却する品物の準備ができましたらご連絡ください」

そう挨拶すると、私は修練の間を後にした。

私の仕事はお別れマネージャー。入社して一カ月になる。

一カ月前、ソウルの延南洞《ヨンナムドン》にある〈トロナお別れ事務所〉で面接を受けた。これまでろくな仕事に就けないまま、転職活動と職場を行ったり来たりしながら五年という時間を生き抜いてきた。もしかするとこの五年は、チェ・ゲバラの不屈の精神でなんとか持ちこたえたのかもしれなかった。そうこうしているあいだに生気に満ちた二十代は終わりを告げ、人気の高い職場や高収入が保証されている大企業は手が届かない国になってしまった。正直、事務所からの面接に来るようにという連絡にも心はときめかなかった。

もっと正直に言うと、私を動かしたのは母の健康問題だった。最近は百歳時代なんて言葉もよく聞くけれど、私の母は少し前から食事制限が必要な胃無力症に苦しんでいた。そんな母の体が少しずつ痩せ細っていくのを目の当たりにし、ひどく不安になった。三十歳になった今も、未婚で私を産んだ母とべったり親子として生きていた。そのせいか、いまだに経済面で完全に自立できていないことが申し訳なかった。

〈トロナお別れ事務所〉は、延南洞でもデートスポットとして人気の高い路地にあった。感情のもつれの解消を代行する事務所が、恋人同士で歩くのにぴったりなこんな場所にあるのが不思議だった。路地には住宅と食堂が立ち並び、酒飲みが好きそうな店も多かった。私が探していた住所は路地の突き当りの古びた雑居ビルにあった。延南洞らしからぬ老朽化した建物は私を失望させた。眩《まぶ》しい陽光のせいかペンキの剝《は》げた跡がより鮮明に見えた。しばらくそのまま見上げていた。得体の知れない悲しみに襲われたが、行かないわけにはいかない。

いつの間にか〈トロナお別れ事務所〉という看板の前に立っていた。〝トロナ〟という単語が頭の中でせわしなく回っていた。耳に挿したイヤホンから、ビートルズの『ハロー・グッドバイ』が流れてきた。薄暗い廊下を進みながら本音では逃げ出したかった。思い描いていた会社の姿とは似ても似つかない。いくら地面を這《は》いつくばっているとはいえ、こんな会社に就職するために今まで耐えてきたわけじゃない。イヤホンを外し、事務所に入るべきかやめるべきか悩んだ。思いと行動は裏腹だった。私の手は鞄《かばん》から鏡を取り出すとアイラインが滲《にじ》んでいないか、ヘアスタイルは崩れてないか、最終チェックを行っていた。でも最後は顔がどうかよりも勇気が必要だった。このままやめて帰ったら朝からシャンプーやメイクをした手間がもったいない気がして、もう一度呼吸を整えると遠慮がちにドアを開けた。

最初に目に飛びこんできたのは、面接を受けに来たらしい男女が古いグレーのソファに並んで座っている光景だった。事務所とは名ばかりで、せいぜい二十坪ほどしかない。どの窓にも濃い色のブラインドが下りていて、室内は薄暗かった。私が思い描いていた革新的な雰囲気とは少し違ったけど、そんなことをどうこう言ってる場合じゃなかった。予定外の生理痛で、朝から鎮痛剤を二錠も空《す》きっ腹《ぱら》に放りこんできたせいで胃がむかむかした。恐る恐るソファに座った。応募者は三人。面接の緊張感の代わりに、奇妙な好奇心がむくむくと湧き上がってきた。いったいお別れの仲立ちをする会社の社長って、どんな人なんだろう。面接は何を訊かれるんだろう。意味不明な質問はしないでくれと祈るばかりだ。

「遠路はるばるご苦労さまです。面接というよりも気楽に話す場ですから、緊張せず、リラックスしてください」

パーティションの向こうから男性がにゅっと現れると話しかけてきた。おそらくここの社長なのだろう。四十代半ば、のっぺりした丸顔はエラが張っていて、白いものがちらほら見えるもみあげは悪くない印象だけれど、好感が持てるタイプではなかった。気になったのは眉毛だ。まばらな眉が途中で切れているのがひときわ目につき、母の言葉を思い出したのだ。眉毛が途中で切れている男は何をやっても最後まで続かない、だったっけ。社長はその眉にぐっと力を込め、事務所の真ん中に置かれた会議用テーブルに集まるよう言った。私たちが座ると、社長はこう切り出した。

「世の中には三種類の人間がいる。ごたごたを起こす人、ごたごたを傍観する人、ごたごたが起こってることにも気づかない人。さて、みなさんはどれに当てはまるかな？」

　質問の意図がわからないし、唐突すぎると思った。この手の質問が一番嫌だった。そのとき応募者の男性が慎重に口を開いた。

「世の中にいっさい興味がない人間は？」

　男性はものすごく真剣な表情でくだらない質問をした。

「うーん、それは……排水溝に詰まったような人間といえるだろうな」

　社長のひと言に男性の顔が赤くなった。私はさっきから左の袖口が汚れ、何度も洗って着古したような社長のワイシャツが気になって仕方なかった。この人、キロギアッパ〔子どもを母親と一緒に海外留学させ、自分は韓国で一人暮らしをしながら仕送りをする父親のこと〕なのかな？　バツイチ？　シングル？　ありとあらゆる雑念が湧いてきたけれど、さっきの質問は忘れていなかった。あえて言うなら私は最後に分類される。でも応募者の誰も口を開こうとしなかった。私たちが黙っていると、社長は咳払《せきばら》いして話を続けた。

「きみたち三人とも、社会から隔絶でもされてるみたいだな。お別れマネージャーという職業は、きみたちには馴染《なじ》みが薄いかもしれないが、私は別れすらも他人の力を借りる時代が来ると見ているんだ。特に最近の若者は、顔を見ながら感情を伝えるのがかなり苦手だし、なくてはならない仕事になるはず。別れを丁重に、品位をもって伝えるお別れマネージャーがいれば、望まぬ感情をシャットアウトすることができるというわけだ」

社長の理路整然とした話術は論理まで兼ね備えていた。

「ここにやってくる顧客はみな、自分の力では別れられない弱い人たちだよ。最近じゃ、別れ話の切り出し方を間違えると復讐《ふくしゅう》されるケースなんかもあるから、お別れマネージャーはこの先、確実に必要とされるはず。特にこのビジネスは新たな市場を開拓するわけだから、他所《よそ》から顧客を奪ってくるチンピラみたいな真似《まね》もしなくて済む。創意力が求められるカッコいい職業だ。質問のある人はどうぞ」

隣の女性が手を挙げて質問した。

「〈トロナお別れ事務所〉の〝トロナ〟って、どういう意味ですか?」

「とてもいい質問だ。元通りという意味の〝トロ〟、私や自分を指す〝ナ〟で〝トロナ〟。つまり〝本来の私〟、自然体の自分を表している。誰かと出会って別れれば本来の自分に戻るし、習慣に囚われている場合も本来の自分とはいえないからね。それで〝本来の自分〟に返ろうという意味でつけたんだよ」

社長は自信たっぷりに説明した。拳を握り、世の中に向かって蹴りでもお見舞いしかねない勢いだった。拳に浮き出た青い血管が皮膚を突き破ってきそうなほどくっきり見えた。社長の情熱には誰もついていけなそうだ。その情熱のわりに会社の規模が小さすぎる点が気がかりだった。それから、窓にかかっている季節外れのレモンイエローのブラインドが、さっきから気になって仕方なかった。レモンイエローより白のほうがしっくりきそうなのに。

社長は結婚相談所でカウンセラーをしていたと自己紹介をした。非婚者が増えて結婚相談所が事務所をたたんだので辞めたそうだ。時代の変化に合わせていち早く動く処世は悪くないなと思った。

社長は恋愛上手なカップルは別れ方もひと味違うと言った。過酷な競争社会で別れのような感情に引きずられることのないよう、きっぱりとけじめをつけるのだと。

振るのか？　振られるのか？　それが問題だ。愛が終わること自体は罪ではない。心変わりをしてしまった相手を引き留めようとするのは苦しいけれど、自分から別れを告げるほうが感情を表に出すことなく合理的ともいえる。だとすると、別れは残酷なほうが有利になる。つまりは別れの駆け引きが得意な人は恋愛上手で、常に勝者というわけだった。

個人面接がはじまった。社長はすごく独特な人だった。面接もかなり変わっていた。

「イ・カウルさん、入って」

私の名前が最初に呼ばれた。社長との面接の場は印象的だった。肩の高さまであるパーティションの向こうに社長がいた。中は想像していたよりずっと狭かった。机の向こうにベッドが見えた。フレームまで付いているベッドが視界に入った瞬間、見てはならないものを見てしまった人みたいにぎょっとした。新婚夫婦の寝室にあるようなヘッドボードに装飾が施されたダブルベッドなんて、場違いもいいところだ。社長は椅子の背もたれに頭を預けたまま、目を丸くしている私の表情を読み取ったかのように視線でベッドを指した。

「ああ、あれ？　ビジネスが軌道に乗る前なんで、ここで寝ることも多くてね。気にしないで」

社長はきまり悪そうに笑った。ベッドのせいで複雑な心境になった私は、社長の向かいの椅子に気まずそうに座った。社長は手にした履歴書にざっと目を通して言った。

「今は秋《カウル》じゃなくて、春だけど？」

「はい？」

「いやいや……冗談、冗談だよ！　別れの季節の名前だったもんで、つい……」

社長は初対面にもかかわらず、つまらないダジャレを言ってきた。名前のことを言われるたびに改名したくなる。私の考えでは秋《カウル》は恋愛の季節だ。金色に染まった道を誰かと一緒に歩きたいと思う季節でもあった。別れにぴったりなのは冬だと思っている。体が冷えると心も凍る気がするからだ。夏と冬のほうが別れるのに最適な季節じゃないだろうか。こんなことを考えていたら、社長がまたなにか呟《つぶや》いた。

「心理学とは、心理。うん……専攻は気に入った。うちの仕事とも合う部分があるし」

履歴書と私の顔を交互に見ていた社長は愉快そうな反応を見せた。質問が続いた。

「男性に振られたことは？　それもかなり残酷なやり方で。いつも振るほう？　それとも振られるほう？　ははは、この質問はちょっとあれだな。参考までに言うと、私はいつも振られるほうでね……ははは」

社長は〝残酷な〟という単語に抑揚をつけながら低い声で言った。これまで数多くの面接を受けたけれど、こんなにレベルの低い内容ははじめてだ。しかも二つめの質問はかなり露骨だった。プライベートに関するものだったし戸惑いも感じていた。一般的な面接でされるような質問ではない。その点が一番不安だった。

「私はたいてい、振るほうですね」

力強い声で答えた。本音では答える価値もない質問だと言い放ち、今すぐにでも外に飛び出したかった。

「オッケー！」

社長の言葉が突き抜けた。私が誰かを振ったという答えが、どうして痛快なオッケーになるのか理解できなかった。社長の笑みは尋常じゃなかった。その後も、ずっと頭の中で考え続けていた。

パーティションの外に出ると、背の低い男性が焦《じ》れたようすで面接の順番を待っていた。彼は私を見るなり催促するように尋ねてきた。

「何を訊かれました？」

答えなかった。特別なことなんてない、よくある質問だ。そう教えてあげたいという気にもなれなかった。

面接を終えた私はふたたびソファに座ってイヤホンを耳に挿した。音楽を聴いていると、さっきの社長の質問が思い出された。三十歳になるが、本当は生まれてこのかた誰とも真剣な付き合いをしたことがなかった。誰かに好意を抱くという行為を警戒してきたと言うべきか。感情の前で躊躇《ちゅうちょ》してしまうのだ。だから恋愛とか失恋といった感情にうまく対処できなかった。誰かを振った経験くらいあると答えるほうが、プライドを保てそうだった。

恋に落ちたらその感情にすべてを委ねればいいのだと、母がアドバイスしてくれたことがある。恋愛至上主義の母の思考はかなり陳腐だった。激しい競争社会において、愛という感情は、神経を消耗させる古臭い感情なのではないだろうか。だから私は三十歳になってもシングルなのかもしれない。恋愛で感情を消耗するより、スキューバダイビングを楽しむほうがマシだという思いは変わらない。

数日後、事務所に現れたのは私とパク・ユミの二人だけだった。さいわいなことにユミは同い年だった。世の中に興味がないと言った背の低い男性は、予想どおり現れなかった。私たちには入社と同時にマネージャーという役職が与えられた。〈トロナお別れ事務所〉のメンバーは、社長とキム・ジュウンという内勤の女性社員、そして私とユミ、この四人がすべてだった。

2

ファン医師にふたたび会ったのは病院で依頼を受けた二日後だった。私が病院に入ると、ちょうど彼がＥＲから出てくるところだった。彼はこちらをチラッと見ると、ロビーの案内デスクに近づいていった。

総合案内所のスタッフの女性は、ファン医師を見ると紺色の箱を取り出した。箱を受け取った彼はしばらく考えこんだのち、すぐに私に差し出した。その瞬間、奇妙な感覚にとらわれた。まるで依頼人の恋人が私に憑依《ひょうい》したみたいに、かすかに手が震えた。もし愛する人から思い出の品をこんなかたちで受け取ったら、箱を床に叩きつけているかもしれない、そんな感覚だった。

「別れても、たまに連絡くらいは取り合える友だちでいようと伝えてください」

彼がにやりと笑いながら言った。たまに会える友だちという言葉にハッとした。

たまに寝るくらいなら付き合ってやってもいい、そんなふうに聞こえたのはなぜだろう？　ツンとあごを上げて彼の目を覗《のぞ》きこむ。未練を滲ませた目を卑怯《ひきょう》だと思った。

「友だちでいられるなら、悪くは思ってないということですよね？」

彼の反応が気になって質問を投げかけてみた。

「別れるときに、仇《かたき》として記憶に残ろうとする人間はいませんよ」

ファン医師はそう答えながらも、少し落ち着かない表情を見せた。この人は付き合う相手を充電器かなんかみたいに思っているのではないだろうか。一瞬そんな気がした。充電と放電を自由にする人。腐った缶詰が必要なのは満腹な人間ではなく、飢えに苦しむ人間だ。私はなんとか笑顔を作った。

「お別れマネージャーが必要なのは、まさにこういうときではないでしょうか？　誤解のないように、きれいさっぱり処理しますので、大船に乗ったつもりでいてください」

信頼を得るために彼の顔を見ながら確信を込めて言った。

「それではよろしくお願いします」

彼は携帯のメッセージを確認すると、急いでERに戻っていった。ぼんやりとその後ろ姿を見送ると、私は箱を小脇に抱えて病院のエントランスを出た。箱の中身より、まずは無事に最初の仕事をやり遂げたという安堵《あんど》のほうが、私にとっては大きな意味を持っていた。

「思い出の箱、回収してきたんだな」

社長は私を見ると、にこりと笑って箱に興味を示した。思い出の箱。なんだか切ない言葉だった。気をつけながら開けてみると、中には彼女が贈った品物がきちんと並べられていた。カードの表に書かれた筆跡は彼女の想いが滲み出ているようでひときわ目を引いた。中の品物には恋人からの愛の痕跡がそのまま残っていた。もしかするとクレジットカードの返済に追われながらプレゼントしていたのではと想像を巡らせた。いまや箱の中身は捨てられた廃品同様に見えた。惨めだった。戻ることのないかつての愛の証《あかし》を元の持ち主に返し、別れを提案する時間だけが残されていた。

箱の中には別れを告げる相手の名刺も入っていて、〝HTVホームショッピング

MD カン・ミフ〟と書かれていた。はじめての対象者の名はカン・ミフ。

午後からはカン・ミフを分析する会議がはじまった。テーブルにファン医師から受け取った箱を置き、何が入っているのかと全員が好奇の目で眺めた。ユミが中身をごそごそかき回しながら取り出した。その目は好奇心いっぱいの子どものようだった。

「パンツもある！」

ユミがすごいものを発見したような声をあげた。

「何これ、使ってたパンツじゃない。タグはとれてるし、そのまま入ってるし……。捨てるなりすればいいのに。ほんとに変わった人」

「残酷に情を断ち切るってことだよね。パンツまで入れてきたところを見ると」

「最近の人たちって深い付き合いを煩わしく思うじゃない。いきなり、あなたは別れようって言われてますよ、なんて告げられたら、どんな気分になるんだろう」

それぞれが思ったことを口にした。社長は最近の男が軟弱になったのは完全に女のせいだと言い、ユミが手にしているパンツをつまみあげた。インディアン・ピンクにブルーのストライプが入った派手なデザインのパンツだった。社長は国立科学捜査隊の一員にでもなったかのようにパンツを仔細《しさい》に調べていた。

「独特な性的嗜好《しこう》の持ち主のパンツだな」

社長のひと言に私たちは大笑いした。社長はカン・ミフの写真を穴が開くほど見つめ、犯罪の痕跡を追う捜査官みたいに振る舞った。

カン・ミフは眉間が広く、切れ長の目をしたオリエンタル美人で、首はすらりと長く、薄い上唇をしていた。肩幅が狭く華奢に見えた。社長は目を細めながらカン・ミフの印象を整理した。

「上品な印象ではあるが頑固そうだ。依頼人にしつこくすがるんだろうな。いくら嚙《か》んでも嚙み切れない牛すじみたいに。こういう性格が男をうんざりさせることもある。鼻の下が短いのは……執着が強い相だよ。これは簡単にはいかなそうだ」

「最近は観相なんて意味ないですよ。整形して顔が変われば観相も変わる世の中なんですから」

ジュウンが助太刀してくれた。

「どれだけ顔をいじったとしても、持って生まれた運命まで整形するのは難しいってことだ」

社長はそうひとりごちた。はじめての対象がゴム並みに粘り強い女性だという言葉に、まだ仕事がはじまってもいないうちから重圧を感じた。箱の隅にバラの花が描かれたカードが挟まっていた。開いてみると「おめでとう！　おめでとう！」という騒々しい音声が再生された。バースデーカードにはこう書かれていた。

夏に二人で来た海を、冬にひとりで見てる。砂が相変わらずきれい。砂の数だけあなたを胸に刻みこんだ。三十二回目の誕生日おめでとう。これまでの時間を振り返ってみても、後悔なんて何ひとつない私たちの仲。今この瞬間も、あなたはERでバタバタしながら過ごしてるんだろうな。

——ミフ

バースデーカードの文面にはファン医師への愛の痕跡がそのまま刻みこまれていた。

「こいつ、二股かけてたんだね。三カ月前にも看護師を一方的に捨てるために依頼したって履歴が残ってる」

ユミがファン医師の過去の記録を持ち出した。

「ちょっと、このノート見てください。わあ、すごいな」

ジュウンが今度は青い表紙のノートを差し出してきた。

「何これ？」

「二人が電話で話した内容じゃない。こういう人もいるんだね」

ユミは不思議そうに通話内容が記録されたノートを広げた。

表紙をめくると、『ミフとソグォンの密談』というタイトルが目に飛びこんできた。日常会話がゴマ粒みたいに細かく記されていた。真心のこもった手書き文字に感動したけれど、なんとなく賞味期限の過ぎた缶詰のように見えた。ファン医師は彼女のまっすぐな想いが重たくなったのだろうか。男女の恋愛も、消費されて一箇所に滞ることなく流され、結局は廃棄処分されるものなのだろうか。


社長は相変わらず彼女の写真を鷹の目で見ていた。

「見れば見るほど孤独な猫の相をしてるな。こういう女が男の足を引っぱるようになると怖いんだよ。しつこいだろ。しかも口の形が気に入らない。しぶとくて、執念深そうにも見える。相当な意地っぱりだろうな」

「どうしてわかるんですか？　社長は観相もできるんですか？」

「人間相手の仕事して何年になると思ってるんだよ……。実体を覗くとな、世の中で金になるのは人なんだってことに気づく。わかるのは観相だけだと思ってるだろう？　手相もだぞ」

「どう考えても開業するべきですよ。社長。私の手相見てください」

私は社長の顔に左の手のひらを突き出した。

「おいおい、これじゃあ会議じゃなくて、占いの館じゃないか。出血大サービスしておこうか？」

星回りは盗めない。母はよく口癖のように言っていた。人相は整形手術で変えられても、四柱推命からは決して逃げられないという言葉を思い出した。

「理想的な手相は基本線が切れていないこと。支線が基本線の上下に枝分かれして伸びてるといいんだが、基本線が下向きだと力が弱くなる。カウルさんは感情線が濃いけど、中間でぷっつり切れてるな。きみさ、彼氏いないだろう？」

社長のいきなりのひと言に動揺した。

「どうしてそういう話になるんですか？」

「さてはいないな。でも、がっかりするのはまだ早い。彼氏ができたら、感情線が中指に向かってまた伸びてくるから」

「手相って変わったりするんですか？　はじめて聞きました……」

「信じる、信じないはカウルさん次第だが、感情が変化すると気のめぐりも変わってくるくらいだから、手相が変化することもありうるだろ」

「それはないでしょう。手相は生まれつきのもので、変わらないって聞きましたよ」

「左手の手相は生まれつきだけど、右手は後天的な運が作用する。肝に銘じておくように、感情が乾いてると恋愛もできないぞ」

社長はまことしやかに呟いた。

「肝に銘じておきます」

「では、品物の観察もすんだことだし、そろそろ仕事の話をしようか」

「依頼人も、もったいないことしますよねぇ。恋人にここまで尽くす女の人、最近はなかなかいないのに。彼女、本気で結婚まで考えてたんじゃないでしょうか。動画が保存されてるUSBもありました」

ユミがUSBを社長に差し出した。USBのリングに貼られた見出しには、『私の彼の一日』と黒いサインペンで書かれていた。

「脚本、演出、編集、全部カン・ミフになってますね。見るに堪えないっていうかイタすぎて、私はこんなこと死んでもできないと思います。すごい！」

ユミが自分なりに分析した結果を遠慮なく語った。

「簡単にはいかないだろうね」

「とりあえずカン・ミフに告知して、ぶつかってみることだな。彼女の性格を把握して、気をつけながらなだめていかないと。依頼人が別れたいと言っている以上、どうしようもないだろう？　男がセックスをする二百三十七の理由から、すでに除外されたんだから」

「社長！　今なんて言ったんですか？」

私は憤慨して言った。

「地下鉄の売店にそういう本があったから言ってみただけだよ。過敏に反応しすぎだって」

社長が高笑いしながら、どうってことないというように言った。

私にとってはじめての依頼人なだけに、なおさら気にかかった。三十歳で社会の落伍者《らくごしゃ》になるのを避けるためには、なんとしても今回の仕事を成功させる必要があった。経験を積めば、社長が言うように最高のお別れマネージャーになれるかもしれない。ただただ肯定的に考えることにした。今や非正規雇用との決別は、カン・ミフにかかっていた。

3

この仕事に就く前、数カ月ほど契約社員として銀行で働いたことがあった。母は娘が銀行に就職したと周囲に自慢しまくった。母が思ってるようなたいそうな仕事をしていたわけではない。業務内容といえば、破産申請者の債務確認書が発給されると、番号を変えながら債務者に脅迫まがいの電話をかけ続けることだけだった。昼休み以外はずっと受話器を握っているか、債務不履行者の家を探し回っては怒鳴りつけていた。債務者たちと一日中言い争いをして帰宅し、抑えつけていた感情のはけ口を見つけることもできずに、ベランダでビールをちびちびと飲みながら闇夜が永遠に続けばいいのにと、ぐったり横たわる日々だった。その仕事すらも、勤務先の銀行が国の財務基準を満たしてないという理由で営業停止になり、辞めることになったわけだけれど。

その一件があってから、仕事に確信が持てるまでは、へたに母には言わないことに決めた。今回の仕事もただインターンだと告げるだけで、母の期待をやりすごした。今はまだ立体迷路みたいな仕事に思えるけれど、諦めるのは時期尚早だ。お別れビジネスの世界に足を踏み入れた以上、引き下がるわけにはいかない。何があってもここに根を張るのだ。三十歳なんて遠い昔だと思えるころには、プロのマネージャーになっているはずだと想像すると、不安も少し収まった。

一カ月は研修期間ということで、社長はお別れマネージャーに必要な素養について訓練指導員のように説明した。

「依頼人に共通の特性があるとしたら、自ら別れに乗り出せないという点だろう。たとえるなら好き嫌いの激しい顧客とでも言うべきかな？　依頼人は二つのタイプに分かれる。勇気がなくて直接言えない気弱なタイプ、もうひとつは傷ついたり、傷つけることに無関心なタイプ。いずれにしろ、われわれは依頼人の手助けをして、彼らの要求に忠実に応える、お別れメッセンジャーに徹すればいいってわけだ。社会的な地位のある人間ほど細心の注意を払わなきゃいけないと肝に銘じること。お別れマネージャーが保護すべきなのは依頼人で、別れを告げる対象じゃないということを特に忘れないように」

説明を聞いていると、別れにも強者と弱者が存在することがわかった。社長は別れにも好循環と悪循環があると言った。依頼人に会った時点では好循環になるか悪循環になるか誰にもわからない。

それから会社のマニュアルを丸暗記するよう言われた。ユミと私は筆記試験まで受けなくてはならなかった。

お別れマニュアル

・別れる際の条件をチェックすること。
・時間、状況、場所をチェックし、依頼人が心変わりすることのないよう配慮すること。
・別れ話を進めるあいだは、別れたいという感情を妨害する如何《いか》なる言葉も口にしないこと。

・依頼人の別れに個人的な見解を述べないこと。
・別れという感情ができるだけ楽しくなる雰囲気づくりを心がけること。
・依頼人の別れに賛辞を贈って共感を示すこと。
・お別れマネージャーは当事者同士が直接会うための世話を焼かないこと。
・別れを告げる対象に感情移入するというミスを犯さないこと。
・別れの障害になるようなトラブルは積極的に解決すること。
・別れたいという感情が冷めないよう、できるだけ迅速に、正確に処理すること。
・顧客が怒りや悲しみをすべて発散できるよう協力すること。
・顧客からクレームがあった場合はマネージャーの手当を回収する。
・否定的な考えにとらわれないよう、言葉選びに注意すること（過去のポジティブな感情より、ネガティブな感情を注入すること）。
・別れのタイミングを決めること。
・別れられるという自信を依頼人に強く植えつけること。
・依頼人をシングル天国へとご案内し、カップル＝地獄という認識を強く植えつけること。

・別れをためらっている依頼人には礼をつくして接触すること。

マニュアルは別れを煽《あお》る文章で埋め尽くされていた。お別れサービスを扱う会社らしく、この世のあらゆる別れがまるで料理のメニューのごとく紹介されている。私の飯の種は、結局のところ別れを願う人たちなのだ。愛情が涸《か》れた関係の隙間に入りこんで二人の仲を断ち切り、制御不可能な習慣を正常な状態に戻すという実験的な仕事が、果たして私の給料を生み出してくれるのか疑問だった。好循環に向かわせるためには依頼人の望みを叶えようとする努力、それがもっとも大切だと書かれていた。

〈トロナお別れ事務所〉のお別れサービスの中でも、離婚の条項が目を引いた。幸せな離婚になるようにと、ウエディングプランナーに負けず劣らずの離婚コンサルティングまで兼ねていた。時代の流れに順応したサービスだが、離婚コンサルティングは結婚もしたことのない私には手に余った。

社長が自慢していた習癖回復プログラムも取り扱っていた。自分の体の奥深くに染みついた習慣に絶望し、挫折した人のためのサービスだ。習慣を変えれば運命が変わるという言葉は昔からの名言だと、社長はしきりに強調した。

「好循環の輪が一回転でもすれば、あとは慣性という不変の法則で勝手に循環するようになる」

それが社長の信念だった。自ら開発したプログラムは試行錯誤を経て完成に近づきつつあると信じていた。自分だけの習慣に縛られ、ずるずる引きずられている人が多いのは間違いない。でも、お別れマネージメントが成功するかどうかまでは確信が持てなかった。社長のアイデアは斬新だけれど、よくよく考えたらこの世は関係を断ち切る行為で溢《あふ》れている。それを誰かが代行するなんて可能なのだろうか？お別れマネージャーとして成功するためには、マニュアルを熟知しておく必要がありそうだった。


午後はずっと、これまでのお別れ事例が書かれた業務日誌を読んだ。

愛犬との別れから賞味期限の切れた食品との別れ、思い出の品との別れ、ロングヘアとの別れ、病気不安症の患者の健康食品との別れまで。日誌は執着の決定版だった。特に思い出の品と別れたKさんのケースは証拠写真まで添付されていた。写真に写っているKさんの家には誕生日にもらったケーキのリボン、浪人生時代に解いた大学修学能力試験〔大学への入学を希望するすべての受験生が受ける大学共通の入学試験〕の問題集、時代遅れの女性誌、学生時代からの古い手帳が年度別に積み上げられているだけでなく、今となっては使い途もない図書館の利用カードに色褪《いろあ》せた制服、髪の毛の絡まったヘアゴム、誰かからもらった未開封のバレンタインデーのチョコレートが床に転がっていた。さらに、メッキが剝がれたアクセサリー、使用期限の表示が消えてしまっていつ買ったのかもわからない化粧品などがぎっしり詰まった段ボールも、部屋の片隅に何層も積み上げられていて、足の踏み場がないほどだった。彼女は思い出の品が心の飢餓《きが》を埋めてくれたと訴えていた。でも、もはや自分の部屋でひとり救助を待っているような状態だった。写真の彼女を見ていたらアンディ・ウォーホルを思い出した。彼も靴、写真、絵本、レコードのように人ががらくたと呼ぶものを収集していた。タイムマシンという名前の箱まで作って大事にしていたのは、強迫的ホーディングだったからのようだ。Kさんに対するお別れマネージャーの処方は、日々の記憶を処理する写真を撮って無料のコミュニケーションアプリに送らせ、確認して監督する程度だった。今ごろあの部屋はまた過去のゴミでいっぱいになってるのではないだろうか。日誌からは依頼人の寂しさまで埋められた痕跡はうかがえなかった。

私はふと、自分が別れられなかったものは何だろうかと思い浮かべてみた。それらは明らかに今も私の周囲でくすぶり続けていた。急に胸が苦しくなった。人生のバランスを失い、ふらつく原因となったものの痕跡は確かに私にもあった。


社長の研修は毎日午後まで続いた。ユミと私にマネージャーの徳目について改めて強調し、相談の乗り方まで熱心に説明した。この仕事でもっとも大切なのは別れの後遺症が出ないようにすることだという。人の感情を繊細に扱う作業は、海に船を浮かべる心情でおこなうようにと注文をつけた。海に船を浮かべたことなんて一度もないのに、どうしろというのかと理解に苦しんだ。推測するに、天気を観察し、安全を確認してから航海に出るのと似たようなものなのだろう。研修が終わるころ、突然ユミが社長に質問した。

「ここにはマネージャーの経験者はいないんですか？」

「本当はマネージャーをやっていた社員がいたんだが、みんな二カ月もしないうちに辞めた」

「どうしてですか？」

「自分には向いてないってやつだな。別れを告げる対象に同情して、いろんな仕事を積極的にこなせなかったんだよ。感情と仕事を区別できなかったケースだな。失恋クラブでもあるまいし、私的な感情を垂れ流されても……。きみたちは決してそんなことないと信じているよ。今後は憐れみなんぞ犬にでもくれてやって、プライドは冷凍室で凍らせてしまうことだ。プロのお別れマネージャーとして、会社の方針に従ってくれることを期待しているし、社名のとおり〝元通り《トロ》の私《ナ》〟になるよう、全員が力を発揮してほしい。それじゃあ、ここでご唱和を！」

「トロナ！　トロナ！」

　急に意欲が溢れ出したのか、社長は拳をぶんぶん振りあげると、「トロナ！」と叫びながら掛け声を求めてきた。とてもそんな気分じゃなかった。ユミとジュウンは拳を握って連呼している。私は手を軽く握りしめ、蚊《か》の鳴くような声で口をもぞもぞさせた。今にも事務所を飛び出したかったけれど、ぐっと我慢した。いつの間にか私もみんなに合わせて「トロナ！」と掛け声を復唱していた。あまりにも滑稽な状況に笑いがこみあげてきた。まるで、シチュエーション・コメディのワンシーンのようだ。社長のアイデアだけに依存している会社だという思いは拭い去れない。

それでも、社長が失恋の傷を抱えていない人間を採用しようとする意図がわかった気がした。別れを告げる対象に憐れみを感じることのないように、感情を排除させようというのだろう。お別れマネージャーが、対象者に同調してしまうことのないように。社長は業務日誌を渡しながら熟知しておくようにと言った。表紙をめくると、こんな規定が書かれていた。

愉快に別れさせるための6つのステップ

1. お別れマネージャーは依頼人の秘密を最後まで守ること。
2. いかなる困難があろうとも、別れを告げられた相手が受け入れるしかない理由を論理的に伝えること。
3. 飴《あめ》と鞭《むち》用法——穏やかな相談と急ぎ立てる執拗《しつよう》さの両方がなくてはならない。
4. 依頼人が恨まれたり、うじうじした人情劇にならないよう、格別の注意を払うこと。

5. お別れの橋渡しをするときは、共感し、連帯感を持つこと。
6. パターンを把握するよう努めること。

その下にはいくつかのパターンに関する説明があった。

社長は私たちが入社した一週間後にホームページをリニューアルし、依頼人の悩みをリアルタイムで見られる相談コーナーを開設して、ポータルサイトにバナー広告まで掲載した。ジュウンは一日中ブログやSNSにコメントを書き、アプリをインストールしてもらえるよう宣伝活動もした。たまにかかってくる相談の電話は何がなんでも一対一で会う約束を取り付け、依頼人を訪問する手法をとった。二週目からは業務を担当することになった。まだ会社の仕事は多くなかった。そのあいだに社長からお別れマネージャーとしてのノウハウをケースごとに教わった。

「習癖との決別は、常に依頼人を実体と向き合わせる必要がある。じゃないと自分を客観的に見つめられないからな。自分がどれだけ長いこと習慣を隠れ蓑《みの》にしてきたのかを知れば、自らに幻滅し、変わろうとチャレンジするようになる。別れにもスキルが必要なんだ」

社長は習癖との別れをそう説明した。プロモーションにも力を入れていたが、反響はさほど強くなかった。その間に私はお別れマニュアルを覚えるのに専念した。乗りかかった船だ。社長は事業が軌道に乗れば、このサービスを地方にまで広げるつもりだという確固たる抱負を明らかにして、私たちを励ました。

「二人で行ったら相手の負担になりそう。私はやめておく」

カン・ミフの家を訪問しようとユミに提案したが、その場で断られた。ユミは今回の職場に死活をかけた人間のように、いつも必死だった。だから提案を断られたのは正直意外だった。私は少し困惑し、プライドも傷ついた。

「そんな顔されたら、こっちが申し訳なくなるでしょう。二人ともまだこの仕事は初心者だから、私に手伝えることはないってだけの話。それぞれ生き残れる方法を模索してみようってこと」

ユミの話を聞いてみると、あながち間違いでもない気がしてきた。机に置かれた受話器を握りしめ、マニュアルノートを広げた。なんと切り出すべきか、少し不安だった。手のひらに汗が滲む。カン・ミフがどう反応してくるかびくびくし、私は受話器を置いた。今度は携帯電話にメッセージを送ることにした。

〝〈トロナお別れ事務所〉のマネージャー、イ・カウルと申します。ファン・ソグォンさんからの依頼で、どうしても直接お目にかかってお話ししたいことがあります。夕方に時間を作っていただくことは可能でしょうか？〟

できるだけ丁重な内容にした。彼女が受けるショックを和らげるための準備としては悪くなかった。消極的なやり方だけれど、このほうが相手の心中を推し量りやすい。

メッセージを送って一時間が過ぎても何の連絡もなかった。返信が来ないことで、新しい仕事にブレーキがかかった気がして不安と恐怖に苛《さいな》まれた。ずっと緊張していたせいか目がひりひりして、鞄《かばん》から取り出した目薬を何滴か差した。目をぱちぱちさせ、息を吸いこむ。さっきよりは大丈夫そうだった。電話をかけてみると、呼び出し音の代わりにカントリー調の曲が流れてきた。今度は喉までむずむずしてきた。砂が入ったみたいに口の中がざらざらして我慢できなかった。曲が何度かくり返されたが、カン・ミフの声を聞くことはできなかった。

翌日はカン・ミフが会社から帰宅する時間帯を見計らい、思い出の箱を手に彼女の自宅を突撃訪問した。彼女の家は江南《カンナム》駅の近くにあった。十五階建てのマンションが見えると心配になってきた。はじめての経験はいつどんなときも不安だし、緊張する。エレベーターが五階に止まったときは、足首に砂袋でもつけてるのかと思うくらい足取りが重かった。

廊下の端にカン・ミフの住む５０８号室が見えた。深呼吸してインターホンを鳴らす。何度か押したが反応はなかった。今度はドアに耳を押し当ててこちらの気配を醸し出してみた。でも相変わらず何の音もしなかった。今日中に思い出の箱を渡すという覚悟で来たのに、思いどおりにいかないものだ。どうやってこれを渡すべきかと思いを巡らせていると、思わずため息が出た。このままでは帰れない。意地でもやらなければ。

ひとまず５０８号室の隣、廊下の端にある非常階段に通じるドアを開けた。階段に腰掛けて彼女に伝える別れのメッセージを確認した。

廊下は徐々に暗くなっていった。誰かを待っているときに限って時間が経つのが遅い。非常口と廊下をうろうろした。やっぱり簡単な仕事なんてひとつもない。人生はいつも待機中だし、有利な展開ばかりが続くわけではないのだ。マーフィーの法則には、どんな法則も勝てっこない。ここには何度も来ることになりそうな予感がした。

もう一度電話したかったが、申し訳ない結果を生むことになりそうでためらわれた。職業柄、帰宅時間が遅いのかもしれない。テレビショッピングは日付が変わっても放送していることを思い出した。お腹がすいて、待つことに少しずつ疲れてきた。イヤホンを耳に挿してケリー・クラークソンとアデルの別れの曲を聴きながら、もう少し待ってみた。

かなりの時間が経った気がした。暗闇の中でぼうっと待つのにくたびれ、どっと疲れが出てきた。ただ待つことは、いつも人を疲れさせる。鞄からポストイットを取り出し、ここに来た痕跡をメモで残すことに決めた。

トロナお別れ事務所マネージャーのイ・カウルです。ファン・ソグォンさんからの依頼でカン・ミフさんをお待ちしていました。いつならお会いできるか携帯にご連絡ください。

4

成功者に見られる共通点は忍耐力だ。七転び八起きの精神が私にも必要だった。ベンジャミン・フランクリンは、忍耐力を発揮して待てる人は、望むものを必ず手に入れることができると言った。その言葉を信じたかった。

月曜の午後までカン・ミフから連絡はなかった。忍耐の限界が訪れ、もう一度電話をかけてみた。二度目の発信音で電話がつながり、はっきりとした女性の声が聞こえてきた。落ち着いた明瞭な声に、むしろ私のほうがもじもじしてしまった。

「あの……カン・ミフさんの携帯でしょうか？」

「そうですが」

「数日前にメッセージとお電話をさしあげた、〈トロナお別れ事務所〉のイ・カウルと申します」

「ああ……拝見しました。すみませんが、あなたとはお会いできません。ソグォンさんとのことは、他人が立ち入るべき問題ではないと思います。それでは」

カン・ミフは断固とした口調で自分の要件だけ話すと電話を切った。暗礁《あんしょう》に乗り上げた気分だった。彼女が回転ドアのように思えてきた。回り回って、いつになったら脱出できるかわからない。コーヒーを飲んでいたジュウンが口をはさんだ。

「うまくいってないみたいですね。対象のほとんどが、マネージャーと会うのを避けようとするんです。こういうときは、何も考えずにぶつかってみたほうがいいのかもしれませんよ」

「無鉄砲に突撃してみたらってことなんだろうけど、前回も待ちぼうけ食らったんだよね」

「もともと、こちらの思いどおりには会ってもらえない仕事ですから」

ジュウンは私を気の毒に思ったのか、そう付け加えた。そのとき外回りに出ていたユミが事務所に戻ってきた。

「もう！　私うんこ踏んだのかな。運悪すぎ」

ユミの言葉に笑いが弾けた。

「何があったか想像がつくよ」

「わざわざ約束しておいて来ないって、どういうマナーしてんの？　あー、むかつく」

かなり腹が立っているらしく、ユミの顔はこわばっていた。

「何をもたついているんだ？」

社長がパーティションの向こうから出てきて言った。

「簡単な仕事なんて魅力ないだろう。どんな手段を使ってでも、別れを告げる対象を外に引きずり出せって。創意工夫をして飛びかかれよ。俺が広告打ってやってるのに結果を出せなかったら、きみたちはただのバカだぞ」

社長は私たちのやり方がもどかしいという表情を見せた。

「社長、私たちはこの仕事をはじめてまだ一カ月なんですよ。新入社員なんだから、難しいのは当たり前でしょう」

ユミが社長の言葉に思ったよりも力強く反論した。

「ユミさん、三十歳だよね？　昔だったら、社会人になって五年目になる年齢だぞ。いつまで新入社員を口実にするつもりなんだ？」

社長がユミの痛いところを突いた。いや、私の痛いところでもあった。大学を卒業して何年もたつというのに、まだ新入社員。中古の新入社員というレッテルを、この先いつまで貼っていなければならないのかは誰にもわからない。ユミはそのレッテルを今度こそ剝がし、この仕事に定着するんだと何度も私に誓っていた。

「私だって、そのくらいわかってますよ。そんなことをわざわざ蒸し返して、気分いいですか?」

ユミはそう言い残すと、ぷいっと出ていってしまった。社長は気まずそうな表情で呆《あき》れたというように私を見つめた。

「なんであんなに腹を立てるんだか。間違ったことを言っているわけじゃあるまいし」

「間違ったことは言ってませんけど、いい気はしないですよ。私にとっても愉快じゃありませんでした。私やユミがこの歳になるまでまともな経歴がないのは、無能だからというふうに聞こえましたから」

「あれ、そうだった? すまん。そんなつもりはなかったんだが……」

「謝罪はユミにしてください」

私までつんけんした態度をとると社長は慌てたようすだった。私は事務所を出て、ユミがいそうな場所を捜した。

ユミはこの仕事をはじめる前に就職ではなく起業の道を選んで失敗し、辛酸を嘗《な》めていた。サービスエリアのカフェを経営しながらパートナーに別れまで告げられ、五年にわたって苦しみを味わったという。

ユミは思ったより近くにいた。ビル一階の花壇の前にあるベンチにいた彼女の指先には煙草《たばこ》があった。

「ここにいたんだ。大丈夫？」

「全然大丈夫。ひと言お見舞いしてやったけど、実際は間違ったこと言ってるわけでもないし。社長っていうより、自分に腹が立ったんだよね。社長は今の私の姿を正確に言い当てた。おかげで全部はっきり見えてきた。今の私にプライドうんぬんを考えてる暇なんてない。私、起業したときに受けた融資のせいで自己破産したんだ」

ユミはなんでもなさそうに自己破産を告白した。

「でも後悔はしないようにしてる。起業するためにあちこち見て回ってたあのころにひとつの仕事を着実に学んでたら今よりましな生活してたかもしれないけど、それでもあの時間があったおかげか、意気込みは前よりも強くなってる。カウルさんには、私みたいな後悔はないんだろうね」

「私はむしろユミさんがうらやましい。やりたいことを全部やってからここに来たじゃない。私は進まなかった道に今も未練が残ってる」

「やりたいことって何だったの？」

「現実的なことを抜きにすると、物書きになりたかった」

「わあ、かっこいいじゃない！」

「今でも気持ちがそっちに向いてるせいか、何の仕事をしてもつまらないんだよね」


そう、私の夢は作家になることだった。子どものころ、母はいつも近所にある小さな町の図書館から借りてきた本を私に渡し、仕事に行っていた。誰もいない家にひとり残された私は本と一緒に時間を過ごした。そして思春期を迎え、自分が母の姓を名乗っていることがどういう意味を持つのか、遅まきながら知った。学校の先生の取り調べでもするかのような態度を見ながら、他人《ひと》からしたら私と母は理解できない人種なのだという事実を知ることになった。

あなたのお母さん、未婚の母なのね！　まるでそう言ってるような先生の冷たい視線でできた傷跡は、今も記憶から消えずに残っている。直接言ってくることはなかったけれど、その目が物語っていた。あの眼差しは私たちを侮蔑していると感じた。そのたびに、うちのお母さんは悪い人じゃありません！　と心の中で叫んでいた。

他人はよく未婚の母のことを無責任な男に出会ったせいだとか、火遊びの結果だとか決めつける。でも、みなそれぞれの事情があって未婚の母になったのだ。私の母にもそれなりの事情があった。母は他の母親よりも人一倍がむしゃらに私を育てあげた。子どものころの私は縮こまって保護膜を張りながら生きていたけれど、現実をすべて隠すのは不可能だった。それでも本を読んでいる時間だけは不安を忘れられた。純文学でも大衆文学でも自叙伝でも手当たり次第に読んだ。

『高慢と偏見』を読みながら何度も夜を明かし、『嵐が丘』を読みながらヒースクリフの魂に目を赤くした。サン゠テグジュペリの『星の王子さま』はどういう意味なのか理解できずに何度も読み返した記憶がある。人の心を得る行為、風のような心をその場に留まらせる行為が、この世でもっとも難しいと言うけれど、子どものころはそれがどういう意味なのかわからなかった。

〝心で見なくちゃ、ものごとはよく見えないってことさ。かんじんなことは、目には見えないんだよ〟〔『星の王子さま』内藤濯・訳　岩波書店刊〕

大人になってはじめて、この言葉が持つ真の意味を知った。心で見なくちゃ、もののごとはよく見えない、その真理に気づいた瞬間、世界を手に入れたような気がした。サン＝テグジュペリの作品は長いこと心の中で息づいて動いていた。言葉にできない感情やストーリーをあえてこの世に引き出すのが作家だ。私も自分にしか見えない世の中の物語を、目に見えるかたちに作りあげてみたかった。さまざまな人物に命を吹きこんで動かす魅力にときめいた。だから図書館は私にとって遊び場であり、酸素カプセルだった。そんな時期が私にも確かにあった。

夜の九時過ぎにカン・ミフのマンションに着いた。彼女は退社時間が遅いのだろうという予想のもと、わざと遅い時間にしたのだ。まだ帰宅していないのは明らかだった。建物の廊下を照らす灯《あか》りは、細長い一枚窓からところどころ差しこんでくるネオンサインだけだった。今ごろ彼女は地下鉄かバスで帰宅しているところだろう。複雑な気持ちの中、時間が少しずつ過ぎていった。今日は最初から徹夜覚悟だった。彼女が私を避けているのは明らかだったから。

どこからかけたたましいサイレンの音が聞こえてきた。廊下の端に取りつけてある二重窓から見下ろすと、何台もの消防車がサイレンを鳴らしながら道路を滑るように走り抜けていった。サイレンを聞くたびに人生の危険を知らせる警告音のようで、いい気がしなかった。

そのとき、チンという音が聞こえた。エレベーターが五階で止まり、誰かが降りる音がした。５０８号室があるほうの廊下に足音が向かってくる。尖ったヒールを履いた女性の足音。間違いない。

人感センサーのライトが暗い廊下に点《つ》いた。ストレートのロングヘアにペールピンクの肌の女性がこちらに向かってくる。写真で見るより大きくて深い目をしていた。センスが求められる仕事をしている人の特性なのか、誰もが好感を持つだろうなという印象の洗練された容姿をしていた。彼女は自分の家の前に佇《たたず》んでいる私を見ると、わざとらしく驚いたように足を止めた。

「どなたですか？」

「昼間お電話をさしあげたイ・カウルです。カン・ミフさんに、ファン・ソグォンさんからのお別れのメッセージをお伝えしに来ました」

「お別れのメッセージ？」

「ファン・ソグォンさんはカン・ミフさんと別れるとおっしゃっています。これまでカン・ミフさんと過ごした時間はいい思い出ですが、もうこれ以上一緒にいることはできないとのことで、関係の解消を望まれています」

「それはどういう意味ですか？」

カン・ミフは驚いたウサギのような目で私を見つめた。

「ソグォンさんからのメッセージをお伝えします。聞いてください。お付き合いをしているあいだ、カン・ミフさんが本当によくしてくれたことはわかっていますが、自分はもう本来の、元の場所に戻るべき時間が来たとのことです。ずっと肉体疲労を感じていたけれど、これまで気づかれないように振る舞ってきた、そのせいで医療事故が起こる可能性もあった。そう伝えてほしいとのことです」

「そんな話、信じられます？」

「ありえないと思うでしょうが事実です。それから、この箱にはお二人のこれまでの思い出の品が入っています。お受け取りください」

私は感情を込めずに落ち着いた態度でメッセージを伝えると、箱を差し出した。箱が目に入った瞬間、彼女の表情が氷のように冷たく変わった。それを見たとき、自分が別れの当事者になったようで胸がどきっとした。

「本当にソグォンさんがこれを送ってきたんですか？」

信じられないというように彼女の目が虚《うつ》ろになっていった。

「そのとおりです。われわれ〈トロナお別れ事務所〉がお預りしました。気乗りしないでしょうが、受け入れられたほうがよいかと」

「これは……受け取れません。もしかしてソグォンさんの実家が送ってきたんじゃないですか？」

彼女は当惑したような表情だった。

「ミフさん、これは誰の差し金でもありません。そんなに信じられないのなら、今すぐソグォンさんに電話してみてください」

「いえ。その必要はありません。今はじめて会った人の言葉を信じるわけがないでしょう。心から愛している人を疑うなんて、そんなバカな話あります？」

彼女の目尻が痙攣《けいれん》し、興奮した声はわなわなと震えていた。

「とりあえず、この箱を受け取って、ソグォンさんに連絡してみてください」

彼女は疑うだろうと予想はしていたけれど、ここで引き下がるわけにはいかなかった。

私がまだ言い終わってもいないうちに、彼女はドアロックの暗証番号を入力して部屋に入ろうとした。

「ミフさん、待ってください！」

私は箱の角を部屋に押しこもうとドアノブを引っ摑《つか》んだ。その瞬間、ドアに挟まった箱がかたんと床に落ち、廊下に箱の中身が散らばった。続いてドアが閉まるがちゃんという音が廊下に響いた。床に転がっている品物は膝が抜けたズボンさながらにみすぼらしく見えた。別れを断固拒否する彼女の態度に戸惑った。予想はしていたけれど、いざ直面してみると自分が間抜けになった気分だった。腰を屈めて品物をひとつひとつ急いで拾い集める。顔が火照《ほて》った。想像よりもかなり手強い伏兵が潜んでいた。淡々と別れを受け入れればすむ話なのに、人間って本当に複雑な生き物だ。感情という品物を宅配便の荷物みたいに届けること自体が不可能な話なのだろうが、それでも私の役割は相手を承服させることだった。

整理した箱を彼女の部屋に押しこむ策を練りながらぼんやり立っていると、虚しさが押し寄せてきた。動悸《どうき》を鎮め、これが最後だという気持ちでもう一度チャイムを鳴らす。何度か鳴らしたものの、室内はしんと静まり返っていた。その静けさが一気に自信を喪失させた。お腹に力を入れて断固とした声を張りあげた。

「私もこれが仕事なので、どうすることもできないんです。箱はドアの前に置いていきます」

私が頑張ったところで、どうにかなる問題ではなさそうだった。最後の手段として、箱を置いて引きあげることにした。床に置こうと前かがみになったときドアが開いた。

「どうぞ」

彼女の低い声はまるで聖母マリアのそれのように思えた。今にも死にそうな患者が蘇生の注射でも打たれたように胸が高鳴った。彼女は淡々とした表情で私をすんなり通した。その顔には悲壮な決意が滲み出ていた。

部屋はひとりで暮らすのにちょうどいい広さだった。壁に備えつけられたベッドと飾り棚、食卓まで、明るい色の木の家具で揃えられていて清潔感があった。飾り棚には人文系の本が数冊と小説が見えた。彼女は食卓の椅子を示しながら座るよう勧めた。私は思い出の箱を食卓に置いた。

「すみません、ちょっと着替えてもいいですか？」

承諾を求めはしたが、すでに彼女はスーツを脱ぎはじめていた。こちらに背を向け、長いストレートヘアを結いあげた。そしてクローゼットを開けてスーツを掛けてから、紫色の部屋着のカーディガンとズボンに着替えた。うっとりするようなストレートのロングヘア、グラマラスなシルエットを見た瞬間、弾力のある肌に触れてみたいという衝動に駆られた。彼女の体型を盗み見したのがバレやしないかと、しばらく机のほうに視線を向けていた。同性が見てもバランスの取れた体つきだった。

彼女がいつの間にか私の横に来ていた。

「さっきはすみませんでした。ちょっと待ってて。お茶を出しますから」

彼女はコーヒーメーカーに水を注いだ。長いこと廊下に立って気を揉んでいたせいで喉が渇いていた。お茶を勧める彼女の姿に少し安堵《あんど》した。

テーブルに〝ベラドンナ〟というプレートの挿さった鉢植えが置かれていた。丈は七十センチほどで、葉の脇に紫褐色の花が咲いている。

「妖《あや》しい魅力を感じさせる花ですね。植物のことはよくわかりませんが……」

他に言うことがないので花について呟いた。彼女と二人きりでいる緊張感に押しつぶされそうで、何でもいいから言わなければと思ったのだ。

チチチチ。お湯が沸く音とコーヒーが落ちる音が合わさって、室内の空気が生き生きしてきた。彼女はコーヒーを注ぐとこちらにやってきた。そしてブドウの房が描かれたマグカップを私に差し出した。

「イタリア語で美しい女性、という意味なんだそうです。中世の魔女がもっとも好んだとか。ベラドンナのしずくを目に差すと瞳孔が開いて大きくなるので、美しく見えると信じられていたみたいです。だから中世の魔女たちは、その汁で膏薬《こうやく》を作って売ったと言われてます」

「確かに、それっぽい感じがしますね」

「それだけじゃないんです。女性たちは、その膏薬を愛する男性の肌と目に塗って誘惑したとも言われているんです。〈魔女の膏薬〉と呼ばれてたそうですよ。信じられないかもしれませんけど」

「この花にそんな不思議ないわれがあるんですね。魔女の膏薬が本当にあったら、欲しいものは何でも手に入りそうです」

彼女が急に長いため息をついた。

「膏薬が本当に存在したら、この世の愛のすべてが成就するでしょうね。ところで、別れの挨拶を業者から聞くなんて、ものすごく不愉快です。申し訳ないのですが、この箱は受け取れません。彼が結婚相手を見つけるために、たまに女性を紹介してもらってたことは知ってますけど、このやり方は違うと思います」

「それは誤解です」

「何が誤解だって言うんですか？」

「ソグォンさんが別れたい理由は、病院での過重労働のようなんです。とにかく疲労困憊《こんぱい》している状態でした」

「それを信じろって言うの？　思ったより純真なのね」

カン・ミフはさっきの落ち着いた態度とは裏腹の逆上した声で言った。

「別れの理由はそのようにうかがっています」

「もう面倒になったっていうのが正直な理由なんでしょう？」

「誤解ですよ。どうしてそう思うんですか？」

「むかつくからよ。彼と付き合ってるあいだ、私がどんな努力をしてきたか知ってて言ってるの？」

「努力？」

「ソグォンさんがクラシック音楽が好きだって言えば、一日中クラシックを聴きながら次のデートでの話題を準備したし、美術館でデートするってなれば、ひたすら美術史の勉強をした。それだけじゃない、料理やパン作りまで習って、彼の胃袋を摑もうと頑張った。他人からしたら幼稚に見えるのかもしれないけど、私は彼のことを二十四時間ずっと考えてたし、研究もしてたの」

彼女の努力に開いた口が塞がらなかった。このご時世にこんな人がいるということに驚いた。私とは合わないとつくづく思った。主体的に生きられない女性そのものだ。いくら愛してるからといって、そんなこと可能なんだろうか。一心同体を夢見てるわけでもあるまいし、複雑で微妙なのが人間だとはいうけれど、理解不能だった。

それとは対照的にファン・ソグォンの別れの理由は些細《ささい》で、あっさりしていた。彼女はずっと自分を顧みず、相手のために尽くしてきた。ファン医師は過重労働を理由に別れを決めた。いっぽう、彼女は生涯を賭けているかのように真摯な気持ちで相手に接していた。この温度差はどうやったら縮まるのだろう。ふいに、彼女は簡単には別れを受け入れないだろうという事実がのしかかってきた。頭が混乱してきた。これは逆にこちらが説得されてるシチュエーションだ。私はファン医師のお別れマネージャーなのに。イ・カウル、しっかりしなさい。私は声音を整えながら冷静さを取り戻そうと努めた。

「あの……ミフさん、申し訳ないのですが、私は純愛物語を聞くためにこの部屋にいるわけではないんです。最近は男性にすがる女性なんていませんよ。ですから、このまま受け入れていただけないでしょうか」

事務的な態度に呆気《あっけ》にとられたのか、彼女は私をじっと見つめた。

「私の仕事はここまでです。品物を受け取ったと確認書にサインをお願いします」

私は負けん気が強い子どものように催促し、書類を差し出した。彼女はさっと確認書を床に投げ捨てた。

「この箱を受け取ったら、別れを認めることになるじゃない。彼に伝えて。私たちの関係はまだ終わってないと」

彼女は落ち着いた眼差しで冷たく言った。別れを受け入れるのは簡単じゃない。それはわかるけれど、そういう態度で意地を張るのは違うと思った。

部屋を出た私は骨董《こっとう》品みたいな人間を発見した気分だった。刹那的な恋愛が乱舞する世の中に、あんな純愛物語が存在するなんて信じられない。相手が社会的地位の高い医師だから、あそこまで粘り強く悪あがきするのだろうか。そんな俗物的な考えが頭をよぎった。最近の人は関係が熟してくると逃げ出そうとする傾向があるけれど、彼女は棘みたいに刺さって残りたがっていた。私は強風にやられて垂れ下がった枝のように、くたびれ果てた状態でカン・ミフのマンションを後にした。

5

「カウルさん、依頼人との打ち合わせ、代わりに行ってくれないかな。他の打ち合わせと予定が重なっちゃって」

ユミが私に新たな依頼人を押しつけてきた。依頼人は区役所に勤める公務員のト・ジヌ。依頼書に小説家志望という文字がちらっと見えた。公務員と小説家志望。奇妙な取り合わせだった。最近は本業以外の仕事を持とうと準備している人が多いのも事実だ。二足のわらじをはこうとしている人に興味がわいた。依頼書のお別れ対象を書くところは空欄になっていた。

お昼休みが終わった午後に依頼人の家を訪れた。一戸建てが立ち並ぶ地域だった。彼の家は灰色の石で飾られた、こぢんまりとした二階建て住宅だった。一階の玄関に入ると、老婦人が二階に行くようにと案内してくれた。

階段を上がってドアを軽くノックすると、カーキ色のシャツを着て、額が半分ほど髪で覆われた男性がドアを開けて出てきた。ト・ジヌだ。挨拶をしながら誰かを連想した。有名な香港の俳優に眼差しが似ていて、とっつきやすい印象だった。

「イ・カウルさんですね。ようこそ」

彼は自室へと私を案内した。部屋に入ると、真っ先に本棚が目に入ってきた。ブラウンの本棚が床から天井まで城壁みたいにぐるりと部屋を囲み、その横にある小さな梯子《はしご》が天井付近まで延びているのが印象的だったが、壁側の簡易ベッドの上にまで雑誌や新聞が一面に置かれていた。

私は川の飛び石を渡るみたいに、軽やかな足取りで一歩を踏み出した。本のない部屋は魂のない部屋だというある作家の言葉のように、依頼人の精神世界を目の当たりにした気分だった。

「すみません。散らかってますよね？」

彼は壁側に置かれていた小さな椅子を勧めた。

「本が多くてびっくりしました。文章を書くのにぴったりの部屋ですね」

「お恥ずかしいですが、一文も書けていない、ただの収集家にすぎません」

「自分でも変わってると思うんですけど、私は部屋を埋め尽くす本とか、ぶ厚い大学ノートなんかを見ると、心がときめくんです」

「僕と好みが似てますね」

好みが似ているという言葉に、自分でも不思議だが思わず笑みがこぼれた。

「ところで、今日は何との別れのご依頼ですか？」

急いで仕事の話題に戻した。私的な話が長くなると困ったことになりかねない。

「ああ、その件ですが。まさにこの本です」

「えっ？　本？」

別れの対象が本だという事実に少し驚いた。

「本が日常の何かを妨害してるんですか？」

「彼女のためなんです」

ますます意味がわからなくなっていく。

「僕は書斎に閉じこもって本を読むのが好きなんです。でもそうすると、ほとんどのデートを本屋や図書館の閲覧室ですることになってしまう。一日たりとも本から抜け出せなくて。それを彼女がものすごく嫌がるんです」

話を聞いていると、彼がどれほどの活字中毒なのかがわかってきた。アルコールよりも強いのが活字の誘惑だ。

「実は私も小説を書きたいって切実に思っていた時期があったんです」

「そうなんですか？　じゃあ僕の気持ち、理解してくれますよね」

「すごくよくわかります。これまで読んで吸収してきたのなら、これからは吐き出すのも悪くないと思います。読む者は結局書くようになるといいますしね」

「カウルさんは物書きに対して好意的だから、なんだかうれしいですよ。僕の彼女は作家をとても軽蔑しているんです。書斎で文章を書き散らす、何の魅力もないやつだって。頭の中で想像ばかりしている非現実的な人間は大嫌い、だそうです。むしろウェブトゥーン作家のほうが魅力的だ、なんて言ってました。だから彼女が行きたがる場所でデートしようとはしています。ただ、彼女はアクティブな人なので、僕とは行動範囲が全然違うんです。努力はしているのですが簡単じゃなくて。そんな感じで帰宅すると気持ちがもやもやして。本への飢餓感もひどいですし」

彼の話を聞いていると、全否定された自分の生き方を、そのまま誰かの生き方にはめこむのは少し危険に思えた。自分らしさをすべて捨ててまで誰かに合わせるのは、どんなに疲れるだろう。

「正直なところ、本は生きていくのに必ずしも必要というわけじゃないでしょう。不思議なことに、本をぼんやり見つめてると罪悪感に駆られるんです。これが執着心なのかなと思ったりもしました。職場にいても、こういう考えから抜け出せないのが少しつらいんです。ただ平凡に人と交わって、何も考えず楽に生きたいのに、思いどおりにいかなくて……」

「習慣化してる活字中毒と決別したいんですね？」

「そういうことです。この書斎だけでも消えてくれれば、彼女といちいちケンカしなくてすむし、書かなくてはという強迫観念も吹き飛ばせそうで」

彼の頬に赤みがさした。本当に書斎と別れられるのか疑問だった。自分の問題と冷静に距離を置くことを勧めるようにとマニュアルにはあったけれど、簡単ではなさそうだった。本に関する嫌な記憶を呼び覚まして、本への情を断ち切る段階だ。

「第一段階として、この本たちとの隔離作業が必要です。いったん別の場所に預けて書斎を空にしましょう。空っぽになった書斎でしばらく自分を見つめることも必要じゃないでしょうか？　書かなきゃという強迫観念にまた悩まされるかどうかも、確認が必要ですし。そのあとで本との別れの儀式を執りおこなうんです」

彼は書斎を一度ぐるりと見回すと、決心がついたと言うように頷いた。私は鞄から契約書を取り出し、急いで署名を受け取った。

「まずは、ここの本から移しましょう。ぐずぐずしてると、葛藤ばかり大きくなって厄介になります。本を移す作業日を決めて、私にご連絡ください」

彼は本のない世界を想像できたのか、すっきりした表情を見せた。反対に私はこの書斎が消えてしまうのだと思うと、なんとなくほろ苦い気分になった。どうして私が彼の書斎をもったいないと思うのか、その理由はわからなかったけど。


書斎を空にする日がやってきた。部屋からは古本のにおいがした。彼は私を見るとぎこちない笑みを浮かべた。不安そうな笑顔にも見えた。正直に言うと、この書斎がなくなるのは嫌だった。それでも、本に対して否定的な気持ちへと彼を追いやらなければならない。きわめて私的な感情のために仕事をしくじるわけにはいかなかった。

「本のにおいがいいですね。アーモンドの香りにも似て……」

「これですか。紙がもともと持っている化学物質が分解されると、こういう香りになるそうですよ」

光のない彼の部屋は本を読むのにちょうどいい空間だった。

「コンテナ業者は調べましたか？」

「それが……すみません。いくら考えてみても、本を処分するのはちょっと……。まだ迷っているんです」

彼はへの字口の硬い表情になった。彼の心変わりに私は焦り、そのうち契約を破棄してくるんじゃないかと不安になった。

「執筆してるわけでもないのに、ここに閉じこもっていたら心の健康によくないですよ。でも、どうして気持ちが変わったんですか？」

「父のせいです」

「お父さん？」

「父は気性の激しい人でした。子どものころは目の前にいるだけで怯《おび》えてしまって、口もきけなかったんです。父は僕に大きな期待を寄せていました。その期待を裏切られるのが、許せなかったようです。そのたびに僕はこの部屋に隠れていました」

「お父さんにも理由があったんでしょう」

彼は話を続けた。

「この書斎には父が読んでいた本もたくさん残っています。一日中ここに閉じこもって、本を見ながらうとうとしたりしていました。僕が遅い時間までこの部屋で本を見ていても、どういうわけか父は叱りませんでした。そのときからです。自分の人生に本を引っぱりこむようになったのは。僕が出会った本の中の主人公たちは、現実の人間ほど手ごわくもなかったですし。まるで父に守られてるみたいに本の山が僕を保護してくれる、読書中はそんな不思議な気分になれました」

彼は淡々と続けた。

「彼女と約束はしましたけど、いざ整理しようとするとやる気が出ないんです。僕って変ですよね？」

「変だなんて。そういうこともありますよ。私も漫画にはまっていたことがあるので、どんな気持ちかわかります」

「すごく不思議なのは、部屋に積まれてる本が増えれば増えるほど恍惚《こうこつ》とするんです。でも、問題は自分の人生よりも本を優先するようになってきて、あるときから本が僕を支配するようになったことです」

煙草を取り出してくわえた彼の表情が徐々に深刻になっていった。まだ本と別れる準備ができていないようだった。彼が煙草を吸うのを待つあいだ、アンディ・アンドリューズの歴史小説が目に留まった。その横のアリ・スミスの長編小説は斜めにはみ出していた。彼は本の収集家だけれど、本を収集することが必ずしも悲観的な習慣とは限らない。彼なら吸収した本の数々を吐き出す作家に転身できる十分な素質があるように見えた。

机の携帯電話が振動しはじめた。

「ちょっと失礼」

彼は私に了承を求めると電話に出た。話の内容から相手が恋人なのは明らかだった。今日の夕飯をどうするか決めているらしい。しばらく二人の会話が続き、通話が終わると、私は彼の家を後にした。

ト・ジヌと彼女の感情がおぼろげながら見えてきた。彼は書斎をなくすことに同意するしかないだろうという予感がした。妙なのは私の気持ちだった。書斎が消えてしまうという事実が心に重くのしかかっている。書斎をなくすことが私の仕事なのに、実際にそうなったらがっかりしてしまいそうだった。どうして相反する二つの感情があるのかわからなかった。自分でも不思議なことに、彼の書斎の残像が心から消えなかった。心を揺らす風の正体が見えなかった。

イ・カウル、しっかりしなさい！　現実をちゃんと見つめなきゃ。何おかしなこと考えてるの？

学生時代の私は新学期になると開かれる合コンにも参加しなかったし、サークルにも入っていなかった。大学生になると一度は体験するというクラブ遊びにも気軽についていけなかった。母はそんな私を案じていた。男を知らないなんて人生損してると言わんばかりだった。

「あなたの年齢だとひと晩が一時間くらいに感じるはずなのに、今から修行僧みたいな生き方して、そんなんでいいの？」

母は世の中が変わったことを知らない。おひとりさまでも楽しく過ごせる方法はいくらでもある。三十年前に父と出会った時間、ちょうどそこで母の人生は止まっていた。母はいつもひとりでいる私が不安で、危なっかしいと思っていた。この世に生まれたのなら、何があってもパートナーを見つけなきゃというのが母の持論だった。私はたまにこう尋ねた。

「だからお父さんみたいな人と付き合ったの？」

「お父さんと出会ったから、あなたみたいにかわいい娘を授かったんじゃない。それで十分」

母のこういう言葉を聞くと腹が立った。お母さんは、目の前にいる娘が何を恐れながら大きくなったのかわかっているの？

そう訊いてみたかったけれど、決して口にはできなかった。母をものすごく傷つけるだろうとわかっていたから。母の信じている愛は正しいと認めることが、娘としての役割だとわかっていたから。

子どものころ一番つらかった質問は、「お父さんは何の仕事してるの？」だった。小学校に入学するころ、父との交流が完全になくなった。父の影が消えると、母は海辺で父と撮った一枚の写真をいつも眺めるようになった。母は初恋の記憶をくり返し思い浮かべていた。いくら食べても飽きない食べ物のように。

父が母と出会ったのは軍隊を除隊した直後だった。友人とたまたま南海《ナメ》という島を訪れたのがきっかけだった。父がひと晩の宿として見つけた民宿こそ、母が暮らしていた赤いトタンのドアの家だった。

一週間にわたって南海に滞在した父は民宿の娘だった母と恋に落ち、友人が先に発った後も一週間ひとり残って母と短い恋愛をした。ソウルに戻る日、父は家の電話番号を書いたメモを証《あかし》のように手渡すと、ソウルに来る機会があったら電話してというお決まりの言葉を口にした。父はカサノヴァみたいな人だった。でも世間知らずで愚かで純情だった母は、その言葉を真に受けて、父と会うためにソウルへやってきた。

母から電話をもらった日、父は母の上京が信じられずに何度も本当？　本当に？と訊いたそうだ。本当に……をどれだけくり返したのか、母はそのうちに泣き出してしまった。自分に会うために母がはるばるやってくるなんて、父は想像もしていなかったようだった。渡したメモは魂のない電話番号にすぎなかったのだから。この怖いもの知らずの純真無垢《むく》な島育ちのお嬢さんがソウルのど真ん中に現れたとき、すでに父の心には別の女のにおいを運ぶ風がそよそよと吹いていた。

号泣する母に父は戸惑うしかなかった。それで街外れに小さな部屋を借りてやり、就職させれば問題はないだろうと場当たり的に考えた。それだけでなく、たまに立ち寄って肉体的な欲求を満足させるのも悪くないと思った。

母は小さな部屋ひとつで満足していた。秘密の女という立場もそんなに嫌じゃなかったと言った。そうまでしてでも父の傍にいたかった母。そして突然の妊娠。父の悲劇のはじまりだった。

父は妊娠の事実にまったく気づけなかった。妊娠七カ月になるころ、膨れてきた母のお腹に戸惑うだけでなく恐怖まで感じた。父は中絶を要求したが、母は断固拒否した。

「子どもは産むつもりです」

「ひとりで？　ソウルに知り合いもいないのに？」

「どうして知り合いがいないの？　あなたがいるじゃない」

「俺はカウントするな」

父は自分がいかに遊び人で最低な男か、毎日とうとうと言って聞かせたそうだ。母が自分から諦めることを心の底から願いながら。

「中絶するには遅すぎます」

「病院を調べてみたんだけど、注射を打ってかき回せば問題ないってさ」

「それは殺人じゃない。心臓が動いてるのよ。ほら、お腹を触ってみて」

「みんなやってることだよ」

父が強く説得したにもかかわらず、母は出産した。ピンク色の頭を持って生まれてきた私を見たとき、産みの苦しみも甘い果実に思えたそうだ。生まれたばかりのわが子の平和な寝息に安堵し、ぱちぱちと瞬きする黒い瞳を見ながら何かを勝ち取った気分にすらなったと言った。

「この子を見て」

わが子を父の顔の前に突き出しながら母は自慢げに言った。

少しして、父は新生児をじろりと見ながら言った。

「ずいぶん顔の赤い子どもだな。こういうもんなのか?」

それが父から私へのはじめての言葉だった。父は新生児に何の興味もなかった。赤ん坊がかすかに微笑むのを見ながら、自分が父親になったという事実を信じたくないと思うばかりだった。父は結局、私が二歳になった年に他の女性と結婚した。

相手は大学の同級生だった。
そしてそれから五年の月日が流れたころ、私たちとは完全に縁が切れた。

6

「お別れ博覧会？　そんなのがあるんですか？」

出勤するや否や聞かされた社長の新しい計画に少し面食らった。生まれてはじめて聞く博覧会だった。

「ないものを作るのがビジネスだろう。道がなければ最初に作ったやつが所有者になる。今や感情まで代行してくれる会社があるんだと、世の中に宣伝するのが重要だ。この慌ただしい社会において不必要な感情を解決してくれるなんて、なんと素晴らしい！　ロボットにはできない仕事だろうな。関係をうまく築けない人たちのニーズに合う、新たな別れの文化をリードしていくってわけだ」

「そんな聞いたこともないような博覧会に本当に人が集まりますかね？」

社長の無謀な意見に半信半疑だった。

「わかってないなあ。時には無謀さが一番の武器にもなり得るって知らないのか。最近はみんな関係を結んで断つことに疲れているだろう。誰かが確実に輪を断ち切ってくれるのを待ってる人たちは確実にいる。これはそういう人たちの不安を解決する最先端のビジネスなんだ」

「社長のアイデアは斬新ですが、確信がありすぎるのが逆に不安です」

「この世に確実なものなんてひとつもない。なんでもぶつかってはじめて答えが見えてくるもんだ」

社長はブルドーザー並みのパワーで何事も押しとおす勢いだった。時々その無謀さに自分でも気づかないうちに引っぱられていることがあった。社長はどんな人なのか、たまに気になった。想像するに、シングルかバツイチなのではないだろうか。これまで社長はプライベートについて語ろうとしなかった。はっきりしているのは別れを代行する会社をトップ企業に育てようという溢れんばかりの意欲だけだった。関係を断ち切ってあげることで金を儲ける世の中、そのビジネスに自分も加担しているという事実が今でも信じられないときがある。

ランチを終えて事務所に戻った。だるくて仕事に集中できなかった。社長の友人が少し前にベトナムから送ってくれたコーヒーを淹《い》れて飲みながら、カン・ミフに電話をするか少し考えたが、コーヒーを飲み終わらないうちに携帯のボタンを押していた。彼女の携帯は電源が切れていた。ファン医師の別れをきっちり処理できていないせいで気が重かった。どんな手段を使ってでも早いうちに決着をつける必要があった。私が出ていくより、ファン医師が自分で別れを告げたほうが丸く収まる気がしたけれど、それは無理な相談だ。自分自身の成果にならなければ意味はない。

こっちに来たユミが小さな声でささやいた。

「社長、頭がおかしくなったんじゃない？」

「なんで？」

「お別れ博覧会なんて本当にできると思ってる？　バナー広告を出してもうじき半月になるのに、思ったより依頼も増えてないし。この状態が続くようなら、今月の給料も受け取れずにクビになるんじゃないかって不安なんだけど」

ユミはこの状況が気に入らないらしく、ぶつぶつ言った。

「まさか。とりあえず博覧会を開いてみるのも悪くないと思うけど。新しい文化を作っていくのも積極的なマーケティングのひとつでしょう」

「本当にそれで顧客が増えるならいいけど。依頼が途絶えたら実家にも面目が立たないし。そうでなくても個人商店みたいな会社に入ったって不満そうなのに」

「確かにまだ定着してないビジネスだから、時限爆弾を抱えて仕事してるみたいな状態ではあるけど。しばらくは受け入れないと」

　私は苦労してユミの不安をなだめた。


　午後になり、社長は会議をするぞと、丸テーブルに集まるよう指示した。

「博覧会の会場はTVタワーの一階だ。広報資料を作って配布する予定だから、心の準備をしておくように。あ、それからアプリを入れてもらうよう、友だちにも宣伝してくれ」

　社長は今度の博覧会に人生を賭けたような殊勝な顔つきをしていた。自分が計画したビジネスがどんどん進んでいる事実に勢いづいたようでもあった。

「友人に先輩、後輩、地縁と動員できるものはすべて注ぎこめ！　俺ひとりの会社じゃないんだ、きみたちの運命もかかってるんだと肝に銘じること！」

　社長はこの会社の運命が私たちによって決まるかのように騒いでいた。それにしてはマーケティングのやり方が大雑把すぎるように思えた。

「会社のために人脈を動員するのは相手の迷惑にもなります。最近はそういうの通用しませんよ」

ユミが不満そうに切り出した。

「なにも死ぬほど愛し合ってる恋人たちの仲を引き裂けとは言ってないだろう。惰性で付き合ってる連中のことだよ！　倦怠期《けんたいき》のカップルだらけじゃないか。それにわれわれはお別れサービスだけを扱ってるわけじゃないんだから、習癖サービスも宣伝するんだよ。誰にだって、ずっと引きずってきた習癖の一つや二つあるもんなんだから。ＳＮＳを活用するのも悪くないな。YouTube動画も作ってみてもいい」

社長は私たちの考え方がもどかしいと言いたげな表情で事務所を出ていった。ユミと私は携帯電話を取り出すと、連絡先の一覧を見てみた。

「あー、むかつく。こんなことに友だちまで巻きこまなきゃいけないわけ？」

ユミは社長の一方的な指示に不満だらけのようすだった。

「ほんと、そうですよ」

ジュウンがユミの言葉に加勢して言った。

「この仕事に友だちを巻きこんだら、この先、同窓会に行けなくなる」

ユミは断定までしてしまった。小さな会社に入った以上、公私の区別はなくなるだろうと覚悟はしていたけれど、実際そこにぶつかってみると否応なく従うしかない状況だった。


午後の遅い時間にファン医師から電話があった。

「どういう対応の仕方をしたんですか？　本当に伝えたんですか？　電話はしつこくかかってくるし、病院で待ち伏せまでされて、どれだけ負担になってるかわかります？」

ファン医師は電話越しに怒りをぶつけてきた。

「申し訳ございません。もう少しだけ時間をください。まだ説得の途中で」

「こんなことなら自分で言うべきだったな。なんのための依頼ですか？　今週中に解決できないなら、残金は絶対に入金しませんから」

ファン医師はそう最終通告を突きつけると電話を切った。しばらく耳が痛かった。はじめての依頼からぎくしゃくするなんて嫌な予感しかなかった。一日に何度も揺れ動く人の気持ちをどうやって摑めと言うのか。

「カウルさん、ト・ジヌさんの依頼は仕上げ段階に入ったのか？」

今度は社長がト・ジヌの件を追及してきた。とっさに窓のほうを向いて視線を避けた。社長ははっきりとした答えを聞かせてもらおうという目で、私に報告を催促してきた。

「まだ決心がつかないようです」

「そういうときほど強く押さないと。あれもこれも大目に見てたら仕事が遅れるばっかりだろう。わざわざ向こうからの依頼なのに成立できないだなんて、お膳立てしてもらったのにひっくり返してるのと同じことだぞ」

社長は今週中に決着をつけるようにと指示をして事務所を出ていった。強く押せない理由が自分でもわからなかった。私意でも出てきたのか、自分の気持ちがさっぱり理解できなくて混乱した。たとえこの気持ちが私意だとしても、彼のことは説得しなければならない。

今週はずっとト・ジヌからの電話を待っていた。彼の決断を待ちたかった。どうして自分があの書斎にこだわっているのかは謎だった。前回の訪問時に有無を言わさず書斎の本を配送トラックに積んで、ゴミ集積所に行くべきだった。彼を急き立てられなかったのが敗因だった。

午後になると社長は外回りに出かけ、ユミも約束があると依頼人に会いに行った。事務所にはジュウンと私だけが残り、手持ち無沙汰な時間を過ごした。私はイヤホンから流れてくる音楽のボリュームを少し上げ、カン・ミフのことを思い出していた。今日こそは彼女と決着をつけなくてはならない。人と人のあいだを引き裂くのがこんなにつらい仕事だとわかっていたら、この仕事をはじめようとは思わなかったはずだ。私の机にはまだカン・ミフの思い出の箱がぽつんと置かれたままだ。これは彼女の部屋に行った日に置いてくるべきだった。そうできなかったことが今になって悔やまれた。別れを受け入れ、署名をしてもらうまでは長い道のりだ。感情は商品を売り買いするように、きれいさっぱり処理できるものではなかった。

彼女の携帯にかけるとブライアン・フェイヒーの曲が何度も流れてきた。失恋した人にぴったりの曲だった。曲は何度もくり返されたが、カン・ミフの声を聞くことはとうとうできなかった。

〈HTVホームショッピング〉の社屋に着くと、生放送が終わったばかりなのか、ロビーは関係者らしき人たちでごった返していた。彼女がいるという商品購買部に向かう廊下の壁にはヒット商品のポスターが貼られていて、どれも見慣れたものばかりだった。母と一緒によく見ていたチャンネルだからか、緊張が和らいできた。

　商品購買部のドアを開けると、カン・ミフの顔がちらっと見えた。彼女はちょうど誰かと打ち合わせ中だった。机の上には赤いスープの容器が見えた。新製品のスープを売り出すようだ。さいわい彼女から私の姿は見えなかったようだ。事務所の窓側に置かれた椅子に座って、彼女の打ち合わせが終わるのを待った。たまにスープの味を吟味しながら打ち合わせする彼女の姿は、まるでテレビショッピングのホストのようだった。その瞬間、彼女をぼんやり待っている自分の姿が惨めに思えてきた。道端で押し売りをしている人ってこんな気分なんだろうか。そのとき、打ち合わせを終えたカン・ミフと目が合った。彼女を見た私は無意識にがばっと立ちあがってしまった。

「こんばんは」

彼女は見慣れない人物の訪問に驚いたようにたじろいだ。

「電話したんですが、出てくださらなかったので」

私は少しきまり悪そうに声をかけた。

「忙しいんです。提出の期限なので整理しなきゃいけないものもあって」

彼女は私に一瞥《いちべつ》もくれず、急いで机を片付けた。

「少しでいいんです。どうせもう退社時間でしょう」

私は子どもが母親にせがむように愛嬌《あいきょう》を振りまきながらたずねた。

「夕飯まだですよね？」

食事をしながら彼女を懐柔しようと、ふと思いついた。彼女は黙って机の上に置かれた商品を片付けると、こちらの言葉に答えようともせずに、ぷいっと事務所から出ていってしまった。

私はストーカーになることにした。彼女の後ろからちょろちょろついていき、社屋の外の通りまで出た。すると、彼女は振り返って鋭く言い放った。

「なんでしつこくついてくるのよ！」

その鋭い反応にもめげず、明るい笑顔で彼女の腕をとると、強制的に近所のカフェに連れていった。彼女は私に引っぱられるように、渋々といった感じでカフェに入った。彼女の気持ちが変わる前に、急いで簡単なサンドウィッチのセットメニューを注文した。向き合ってサンドウィッチを食べるような気分ではなかったけれど、これ以上ファン医師の督促電話を受けるわけにはいかなかった。

しばらくしてサンドウィッチが運ばれてきた。私が味もわからずに食べているあいだ、彼女はサンドウィッチには手もつけず、コーヒーを飲んでいた。彼女は私の視線を避けようと必死だった。グラマラスだった体はいつの間にか痩せ細り、ちょっと触れただけでも壊れてしまいそうだった。ひと口かじったサンドウィッチが喉に詰まって、なかなか下りていかない。急いでコーヒーを飲んでから気まずい話を切り出した。

「ミフさん、別れを受け入れるのは、本当につらいですよね？」

彼女は何度もコーヒーに口をつけていた。

「あの人に会わないことには、何も答えられない。彼が私を避ける理由なんてないんだから」

「ミフさん、あなたのそういう態度が重苦しいの自覚してますか？　好きになるのに理由がないように、嫌いになるのにも理由はないんです。それに、彼に会ってどうするんですか。自分の耳で直接聞いたからって不都合な真実は何も変わりませんよ。好きだという感情を分かち合い、楽しい時間を過ごしたのなら、それで十分じゃないですか？」

「あなた、恋愛したことないでしょう？　愛する人と別れた経験も。そんな人に私の気持ちはわからないと思う」

男性経験がないことを見抜かれた私は、その言葉に少し当惑した。それでも引き下がるわけにはいかなかった。

「共感してたら仕事になりませんよ。男性の愛情は肉体の満足を得た瞬間から急降下するということぐらいなら知ってます」

私は表情を変えずに冷たく言い放った。

「それって、本に書いてある言葉でしょう？」

カン・ミフも負けじと言い返した。

「そういう言い方しかできないんですか？　私は嫌いになると、頭のてっぺんからつま先まで憎たらしくなります。それって感情の賞味期限が過ぎたってことでしょう」

「私たちの何を知って言ってるわけ？　他人の口から別れを告げられる、この最悪の気分があなたにわかる？　思春期の子どもとか、怪我でもして動けない人間ならともかく、こんなのやり口が汚すぎる！」

彼女は穴が開くほど私を凝視しながら泣きそうな声を振り絞った。心の片隅では彼女の言葉を否定できないという声が聞こえる。だからといってここで相槌《あいづち》を打つわけにもいかなかった。

インスタント恋愛、全部そう。この時代に愛なんてあるわけない。

内心ではそう思っていた。出会った瞬間から脳内で電卓を叩きはじめる昨今、愛を手に入れてみせるというカン・ミフは純真すぎるように思えた。刹那的な恋愛を楽しむ時代に、真剣な恋愛などは似合わないのではないだろうか。ファン・ソグォンにとってカン・ミフは単なる退屈しのぎ、使い捨ての恋人にすぎなかった。彼が本当に礼儀正しい人物だとしたら、恋人と別れる方法はただひとつ。会って丁寧に話すこと。それが最後の配慮なのかもしれない。でも、依頼人がどんなに恥知らずだとしても、露骨に悪口を言うわけにはいかない。これは感情の問題ではなく仕事で、金なんだという事実を忘れてはいけない。相手に言い負かされて引きずられないために、自分の心を監視する必要があった。

「別れなければならないのは残念ですが、いつまでも感情を引きずるのはやめにして、整理しませんか。時間稼ぎするようなことでもないでしょう。去ってしまった電車を眺めてるような未練は終わりにしましょう。病院に行ってファン医師を苦しめるのも。思い出の箱は置いていきます。ファン医師の声が入ったファイルが中にあります。少しは慰めになるかもしれません。これでお二人の関係は片付いたと依頼人に報告する予定です」

くじけそうになる気持ちをなんとか奮い立たせながら、お別れマネージャーらしく最終通告を行った。

「私が彼の心を恵んでもらいたがってるとでも言いたいわけ！」

彼女は私を見上げると鋭い口調で言い放った。カフェ中に声が響き、周囲の視線が一斉に集まった。凛《りん》とした声音に焦ったけれど、ここで引き下がるわけにはいかない。私は声を整えてから、もう一度いまの状況を確認させた。

「最後に依頼人に伝えたいことがありましたら、この場でおっしゃってください」

彼女はあくまでも別れを事実化しようとする私の言葉に気抜けしたように、何も言わず箱を凝視するばかりだった。しばらくして彼女は口を開いた。

「実家が結婚を急がせていることは知ってた。こんな告げられ方じゃなければ、むしろ受け入れられたのかもしれない。でも、別れるにしても、このやり方はないいんじゃないの」

「ミフさん、よく聞いてください。この件で私ができることはもうありません。考える時間は十分にあったし、依頼人の心中もお伝えしました。これ以上、何が必要なんですか？　女のプライドを守って、きれいにお別れしましょうよ」

　これ以上の言い争いは避けたかったので、書類を差し出した。彼女は署名欄を力なく見つめるばかりで、何の反応も示さなかった。私は改めて催促した。

「自分はサインしていないという言い訳は、もう通用しませんよ。証拠写真を残しておきますから」

　テーブルに置かれた思い出の箱と彼女の顔が収まるように携帯で写真を撮った。彼女の許可を待つ忍耐力はなかった。写真を撮るあいだも彼女は微動だにせず、石《せっ》膏《こう》みたいにこわばった表情で座っていた。大急ぎで写真を撮り終えると、私は挨拶もせず一目散にカフェを後にした。

窓越しに彼女をちらっと見た。相変わらず席に座ったままだった。硬い顔つきでテーブルの箱をじっと見つめている。その姿は博物館の古いオブジェのようだった。絶望をたたえた彼女の瞳がモノクロ写真のように私の心に刻みこまれた。赤の他人の別れに巻きこまれることが、こんなにも気持ちを暗くさせるなんて。ほとんどの場合、女性の別れようという言葉は、「私はつらいの。ちゃんと捕まえていて」と駄々をこねる意味合いが強い。それに対して男性の別れようという宣言は、「もう、うんざりだ！　解放してくれ！」という意味に近い。ファン・ソグォンはカン・ミフにこれっぽっちの未練もないように見えた。

地下鉄の駅に向かって歩いていると夏の雨がしとしと降りはじめた。サンダルが濡れてぬるついた。レインブーツを履いてこなかったことを後悔した。しかも天気予報を確認したはずなのに傘を忘れた。雨脚が徐々に強くなってきたので、地下鉄の駅が見えるまで夢中で走った。

駅の中に入ると雨で濡れた髪から滴《しずく》が顔を伝って流れ落ちた。私はそれを手で拭うと携帯電話を取り出した。

「ファン・ソグォンさま、カン・ミフさんとのお別れが完了しました」

メールと証拠写真を送った。雨に濡れた服と同じようにじめじめした気分だった。仕事を終えたはずなのに、ちっともすっきりしない。じめじめした気分は全身に引っついて離れなかった。カン・ミフに最終通告を叩きつけたこの場所から早く離れなきゃという思いが足を速めた。


家に着いたのは午後の九時ごろだった。

全身ずぶ濡れで体が重く、寒気がした。じっとり濡れた服を脱ぎ捨て、熱めのシャワーを浴びながら、さっきの出来事をきれいさっぱり流し去ろうと思った。濡れた髪をタオルで巻いて部屋に戻るとベッドに入った。髪を乾かすのも面倒で、タオルを被ったまま横になってしまった。

イヤホンを耳に挿すと、スティングの『マイ・ワン・アンド・オンリー・ラブ』が流れてきた。窓を叩く雨はさっきよりも激しさを増していた。今日の日課を整理しようとダイアリーを広げた。ダイアリーには誰のものかわからない文章が書かれていた。何を見て書き写したのかは思い出せなかったけど、いつだったか気に入って書き留めておいたものだった。

思い出はひとつの世界だ。思い出の世界には、別れたあなたはいない。別れる前のあなただけがいる。私はその過去を強く抱きしめ、その世界とあなたを強く結びつける。そして背を向けて時間の扉を閉める。たとえ今のあなたでも、別れた後のあなたでも、今の私でも、扉の中には入れない。思い出の時間の中にいるのは、別れる前のあなたと私だけ。ここで今思い出している私は、思い出の時間の外にいる。思い出すたびに寂しいのは、あんなに固く閉ざされた思い出の扉のせいなのだ〔『別れのフーガ』（キム・ジニョン著より）〕。

最後の一文が特に胸に迫ってきた。カン・ミフは固く閉ざされてしまった思い出の扉の前で苦しんでいた。私はそんな彼女に思い出の扉を閉じさせたのだ。別れを売りつけて逃げ出したような感覚が拭えなかった。彼女に言われた言葉を思い出した。

「恋愛したことないでしょう？」

もしかするとその言葉どおり、私は恋愛不適合者なのかもしれない。真実の愛を望むなら、決して試されることを恐れてはいけないという格言を目にしたことがある。愛と別れとは、糸と針のようになくてはならない関係なのではないだろうか。愛の時間のあとには必然的に別れの時間もついてくる。この現実を否定するのが人間の心なのではないだろうか。孤独とは、誰かの一番大事な人になれなかったという思いに由来する。ヘレーネ・ドイッチュの言葉が思い出された。私は父親の大事な存在にもなれなかった人間だ。どれだけの男性がいても、その人にとって唯一の存在にはなれないだろうという不安が潜在的にあった。

ぱたぱたと窓を打つ雨が私の心を叩いているかのようだった。この時間、彼女はずぶ濡れになって街をさまよっているのだろう。思い出の箱が濡れて底が抜け、中身が地面に散らばってしまったかもしれない。そのまま放置して帰ったのではないだろうか。頭の中がカン・ミフへのネガティブな想像でいっぱいになって混乱した。晴れない気分が次から次へと飴のようにべたべたくっついてくる。依頼人の別れたい対象が何であろうが、結局のところ私にとっては消耗品も同然なのだ。二度と会うこともないし、いつまでも根に持たれる理由もない。これは引き受けてしまった仕事なのだし、私がいなくても二人の関係は終わるはずだった。それに有名な歌の歌詞にもあるように、私たちは毎日別れながら生きている。

7

一週間が過ぎてもト・ジヌからは連絡がなかった。社長の叱責は続き、いらいらと落ち着かないせいで、心の軸の片方が折れてしまったような気分だった。仕事の効率も上がらず、コカインを吸った人のように意識がもうろうとしていた。さらに、目を刺すような痛みまでが私を苦しめた。目薬を何滴も差すと痛みが少しは収まったので、元気を出してト・ジヌに電話をかけてみた。発信音が三回鳴る前に彼が電話に出た。

「〈トロナお別れ事務所〉のイ・カウルです。お電話をお待ちしていたのですが」

「ああ、ええ。彼女と連絡が取れなくなったせいで、頭がちょっと混乱していました」

「ほら、だから言ったじゃないですか。早く書斎をなくしたほうがいいって」

ためらう彼を押し切る絶好のタイミングだった。手ぬるい態度ではどっちつかずのままだ。

「まだ色々と迷っていまして」

「彼女がいなくなってしまったというのに、何をためらってるんですか。彼女を捕まえたかったら、今からでも急いで行動に移さないと」

「どうしてもそうしないと駄目ですかね」

彼は今もまだ迷っているように見えた。

「断固とした意志を示すのも方法のひとつじゃないですか？　行動に移してみせるんです。女心と秋の空というように、気持ちはその都度変わるものなんですから」

説得できそうなあらゆる論理をフル活用して彼を追いつめた。その結果、ようやく打ち合わせの時間を決めることができた。

電話を切ってから気づいた。何を根拠に彼女が戻ってくるはずだなんて主張したのだろう。社長が言っていたように、大事なのは説得と結果だ。彼女が戻る、戻らないは問題じゃない。とにかく別れの成果を手にすることが重要だ。誰かさんの事情なんて考慮してる場合じゃなかった。ついでに残金がまだ入金されていないファン・ソグォンにも督促の電話をかけた。

「先日お送りしたメールはご覧いただけました？」

「メールは見ました」

「きれいさっぱり完了しましたので、もう大丈夫です」

「電話が来なくなったところを見ると、無事に解決したようですね」

ファン医師の最後の言葉はお別れ依頼が完了したことを意味していた。残金は今日中に支払うと言って彼は電話を切った。鳥は相手を誘惑するため、数年にわたって美しい舞と歌を捧げるけれど、一度の交尾であっさりと関係を終えてしまう。もしかするとファン・ソグォンとカン・ミフは、つがいの鳥のような関係だったのかもしれない。


午後は引っ越し業者へ電話して一トントラックを手配した。トラックは一時間後に会社の前にやってきた。助手席に座ってト・ジヌの家を目指すあいだ、また彼が心変わりするんじゃないかとずっと冷や冷やしていた。でも彼に会ったら、それは杞憂《きゆう》だった。

「カウルさんの言うとおり、もっと急いでやればよかったです」

前回の電話では、彼は動揺しているように感じられたのに。

「今からでもまだ間に合いますよ」

愛想よく笑いながら彼を励ました。

「本をトラックに積んで集積所に行きましょう。そこで本のお葬式をするんです」

引っ越し業者の運転手が書斎に上がってくるとケースに本を詰めはじめた。

さっきまで威厳を示すように書棚に並んでいた本が一瞬でぼろぼろの廃紙と化し、雑然と置かれるようになった。書斎が徐々に片付いていくあいだ、彼は隠れている本がないか本棚の隅々をくまなく探し、箱の中まで念入りに調べていた。そのとき、手垢のついたスクラップノートが私の目に留まった。中には新聞や雑誌の切り抜きがジャンルごとに貼られていた。それだけでなく観察を記録したフリーライティングの練習過程もぎっしりと記されていた。ひと言で言うなら作家のネタ帳だ。おそらくずっと前から集めてきたのだろう。昔から使い続けてきた創作ノートだ。それに加えて彼の筆跡が私の心を強くとらえた。

彼は私が持っているノートを横からめくった。

「資料集めはしましたけど、創作活動はできませんでした。ずっと活字中毒みたいな生き方をしてきたのに、一度も自分の声を出せなかったのは残念です。うんざりするほどしつこい執着心を手放すためには、このノートを消してしまわないと」

今この瞬間、彼がどんな気持ちなのかわかるような気がした。自分の声を表現できなかったという告白だった。この世には作品に自分の声を注ぎこめない作家もたくさんいる。彼は、こういう資料を残しておけば、またその中に閉じこめられるのではないかと恐れていた。でも、彼はいつか必ず自分の文章を書くように思えた。他のものはともかく、長い時間をかけてスクラップされてきたノートは目に焼きついてなかなか手放せなかった。

私には変な癖がある。手書きの文字がある紙を、なかなか捨てられないのだ。理由を挙げるなら、手書きの文字にはその人の魂が染みついているように感じられるからだ。その人の日常や感情を記したものが積み重なり、ひとりの人間としての内面が完成されているからなのだと思う。性格や習慣なんかが丸ごと滲み出るから、手書きの文字に惹かれるのだろう。だからだろうか、無意識のうちに彼のノートをこっそり自分の鞄《かばん》にしまっていた。

女子高時代、友だちとやり取りした小さなメモ用紙の手紙を箱に集めていたのを思い出す。どうってことない内容が書かれた色とりどりのメモ用紙は、女子高を卒業するころにはスニーカーの箱で五個分にもなった。今はスマホでやり取りする時代だけれど、手書きの文字に宿る個性は当時の思い出をあざやかに蘇らせてくれる。

大学一年生になった年の冬、引っ越すことになって結局その手紙はすべて燃やしてしまった。けれどその後、思い出の時間を記憶から取り出せる唯一の手がかりが、自分のささやかな成長記録が、あとかたもなく消えてしまったという喪失感に時々苦しめられた。


トラックがゴミ集積場の入り口に着くと、霧がかったような灰色の空気が揺らめいていた。入り口から煙のにおいが鼻を突く。ありとあらゆる家財道具が四方に散らばって、ごちゃごちゃと山を形成していた。骨だけになった傘からペットボトル、ざる、回転椅子、お菓子の袋にティッシュまでが一緒くたに転がっていた。トラックは廃紙が積まれた奥の隅で停まった。

本の山が廃紙の上に捨てられた。彼は捨てられていく本を凝視していた。魯迅《ろじん》の散文集から評論集、思想集など、この世のさまざまな本が散らばっていた。なかでも目を引いたのは、立花隆の『ぼくはこんな本を読んできた』という本だった。その表紙には作家の非情な労働の産物が描かれていた。彼は捨てられた本の山の傍らに膝をつくと、いつまでも手で撫でていた。捨てられた本はここで公平に燃やされ、灰になるはずだった。ベストセラーや無名作家の本、すべてがここでは平等な廃紙だった。私には廃紙の山が長い時を経た魂の展示場のように見えた。

「捨てられた活字に哀悼の意を捧げる時間です。何か言うことはありますか?」

「こんなたくさんあるのに、僕の名前が記された本がないのは心残りです」

彼は苦々しく笑った。

「それが心残りですか?」

「僕はこの本たちに借りがあります。だから申し訳なくて」

「お気持ちはわかります。でも、情は断ち切らないと」

私は鞄から干し鱈と焼酎を取り出して本の山の上にお供えした。そして焼酎を紙コップに一杯注いだ。

「これは?」

「作家たちの魂を慰める儀式です。本はただの単純な紙とは違うでしょう。すべての活字中毒が吐き出した血の代償なんです」

「まるで死者の魂を極楽浄土へと送る儀式みたいですね」

「そのとおりです。偉大な魂を消滅させるんですから、このくらいの誠意は見せないと」

「位牌《いはい》も戒名もないですけどね。はは」

「本自体が位牌で、著者名が戒名じゃないでしょうか」

「死を克服する方法は子どもを産むことと本を残すことだと言いますが、僕はとてもじゃないけど死を克服できそうにありませんね」

その言葉には気軽に同意できなかった。子どもを産むことが死を克服することなのだとしたら、母は何を克服するために私を産んだのだろうか。私がそう考えているあいだも、彼は本の山に向かって跪《ひざまず》き、焼酎を三度に分けてかけると、深々と二度頭を下げた。

本の山を名残惜しく見つめている彼を、しばらく何も考えずに眺めた。それから、お供え物のお下がりを頂きながら、残ったお酒を本の山に均等にかけた。それは、祖先を祀《まつ》るような慎重な姿だった。彼は今、骨の髄まで染みこんでいる習癖を追い払おうともがいているように見えた。私はライターを彼に渡した。彼は火を点け、本に近づけた。火は一瞬で乾いた紙に燃え移り、全体に広がった。森が燃え広がるように、活字の墓はメラメラと燃えあがった。彼は燃える本の山をしばらく見つめていた。長いあいだ抱えていた感情を振り払うために力を振り絞っていた。しばらくは失恋した人のように活字を恋しがるかもしれない。もしかすると、あの習癖が亡霊となって彼を苦しめるかもしれない。別れて最初の百日間を耐え抜くのが一番つらい闘いだ、と社長は言っていた。ニンニクとヨモギだけ食べて人間になった熊〔人間になりたいと願っていた熊が、百日間ヨモギとニンニクだけを食べて日光を見なければ人間になれると言われて挑戦し、ウンニョという人間の女になったという檀君神話〕みたいに、彼がこれから苦しい百日間を活字なしで耐え切れるのか疑問だった。炎はまるで生命のように、留まることなく燃え続けた。炎に沿って黒い煙が空へと立ち昇っていく。本の魂がバミューダトライアングルに到達して忽然《こつぜん》と姿を消したかのようだった。十分も経たないうちに本の墓は黒い灰の山に変わった。炎が収まると、彼は気の抜けたような表情をしながらこう言った。

「今ここで役に立ちそうなのは、霧くらいなもんですね」

その言葉に私は苦々しく笑った。

その日の夕方、二人でハーブティーが売りのカフェに立ち寄った。彼はコーヒーの注文が終わると喫煙室に入って煙草を吸い、外をしばらく見つめていた。少ししてコーヒーが出されると、彼は煙草を消してテーブルに戻ってきた。私は彼を慰める言葉を考えてみた。

「書斎が空っぽになった気分はいかがですか？」

「うん、昔からの恋人を見送った心情というか。本が燃えるのを見ていたら、父に対する強迫観念が少し消えた気がします。すっきりしたというか。父に対する不安も、考えてみると僕がひとりで育てていた恐怖心でした。父の愛情表現が僕のとは少し違うやり方だったんだと、今更ですが気づきました」

「うらやましいです。今からでも愛に気づくことができて」

「お父さんにたくさん愛されて育ったように見えるあなたが、どうしてそんなことを？」

「父の話はやめましょう」

彼の父親の話を聞いていたら憂うつになってきた。父親の話は私をいつも異邦人にさせる。話題を変えた。

「これからは現実的な趣味を持ってはどうですか？　私は昔、依存から立ち直るために、ちっとも興味のないことをはじめた経験があるんです」

「カウルさんが依存したものって何ですか？」

「ＳＮＳ依存になっていたことがあったんです。それで、あることをはじめました」

「何を？」

「競歩です」

「競歩ですか？」

「私、歩くのが大嫌いなんです。でもＳＮＳ依存から立ち直るためにひたすら歩きました。私、自分の投稿に〈いいね〉やリプライがついたか、いつも気にしていて。リプライも〈いいね〉もつかないと、すごく不安でした。品のないことばっかり考えるようになっちゃって。依存から抜け出そうとじたばたしてました。時間ができるとゆっくり歩く、速く歩く、これをくり返しながら歩くことに没頭しました。そうしたら少しずつ立ち直れました」

「いい経験をされたんですね」

「全員に効くかどうかはわかりませんけど、新しいことに挑戦する価値はあると思います」

「僕が悩んでるのは彼女との関係なんです」

「彼女と距離ができたのは、活字中毒のせいだと思ってますか？」

「それを一番嫌がっていましたし」

「彼女が戻ってこないとしても関係ないじゃないですか。慢性的な問題は解決されたんですから。違いますか？」

彼は私の言葉に同意してなさそうな表情をした。

「うーん。そんな簡単にいきますかね」

「また別の楽しみを探せば、ふさぎがちな気分も明るくなりますよ」

8

お別れ博覧会の宣伝のために、地下鉄二号線に乗って教大駅《キョデ》に向かった。駅は人でごった返していた。社長の姿が見えなかった。

五分ほどすると、私たちの前に七人乗りのSUV車が停まった。車体には、〝あなたのお別れを代行致します〟という白い文字と電話番号が大きく書かれていた。

「わあ！　あのキャッチコピー、いい感じじゃない？」

ユミが言い終わるや否や、社長が車から降りてきた。

「早く乗って！」

社長は私たちを見つけると、急いで乗るよう催促した。車に乗ってからも、私はさっきのキャッチコピーを何度も思い出していた。社長の車は近くのビルの地下駐車場に滑りこんだ。車を停めた社長はトランクからお別れ博覧会の招待状と黄色いたすきを取り出すと、私たちに渡した。

「これを掛けておかないと、会社の宣伝にならないからな」

黄色いたすきには会社のロゴと社名が黒字ででかでかと書かれていた。

「これ、どうしてもしなきゃダメですか？　こんな時代遅れの宣伝方法、最近は誰もしませんよ」

ユミが不服そうに言った。

「今はあれこれ言ってる場合じゃないだろう。広告ってのはオンライン、オフライン関係なく、何でもやってみなきゃ効果がないんだよ」

社長が最初にスーツの上から黄色いたすきを掛けた。ユミと私も仕方なく従い、地下鉄の駅に向かって歩いた。街中の視線という視線が私たちに集まっている気がして俯《うつむ》いた。社長は前を歩きながら、行き交う人が捨てようがどうしようがお構いなしにチラシを渡し続けていた。

ユミが私にささやいた。

「こういうときに限って同級生に出くわしたりするんだよね？　ついに道端でチラシ配りをするとは。こんなことだとわかってたら、キャップでも被って来るんだった……」

ユミはチラシ配りという社長のやり方に腹が立ったのか、ひっきりなしに文句を言った。

ふたたび地下鉄の入り口に戻ると、駅の前は行き交う人で賑《にぎ》わっていた。通勤ラッシュで人は多かったが、素早くチラシを渡す勇気が出なかった。

「さっさと渡さないで何してるんだ?」

社長の催促に、仕方なく通り過ぎる人にチラシを渡しはじめた。通勤途中の人たちがチラシを断るジェスチャーをするのは当たり前で、しょうがなく受け取った人もゴミ箱に捨てて立ち去ってしまう。しかも、ひとりでもチラシを受け取る人がいるのを見ると、他の場所でチラシ配りをしていた中年女性たちがどっと押し寄せてきた。生存競争は、どんなときでも起こるものだ。

通勤ラッシュの時間帯が過ぎ、地下鉄の出口は人がまばらになっていった。社長はそろそろ終わりにしようと言うと、残りのチラシを鞄にしまった。

事務所に戻るとキムチチゲのにおいが充満していた。ジュウンが帰社時間に合わせて作ってくれていたのだ。ジュウンは最初から賄い担当として入社したかのように料理を上手に作った。私たちは丸テーブルについて朝ご飯を食べた。社長は食べているあいだも、お別れ博覧会の計画を休む間もなくまくし立てた。私は社長の口からご飯粒が飛ぶんじゃないかとひやひやした。社長はお別れ博覧会への期待に胸を膨らませていたが、それは私たちにとってむしろ負担だった。早くから働いてお腹がぺこぺこなのか、社長はご飯を二杯もたいらげ、食欲がなくなった私はご飯を半分だけ食べると箸を置いた。

　三日にわたって会社の近くの地下鉄駅とテナントビルでチラシを配った。美容院、不動産会社、司法書士事務所、ディスカウントストア、あらゆるお店にチラシを撒《ま》いた。知り合いに博覧会場に遊びに来てくれるよう、コミュニケーションアプリでメッセージを送った。お金のかからない同窓会になるからと誘った。我ながらよく考えついたアイデアだった。誰でもいいからとにかく来てもらって、賑わっている雰囲気だけでも演出しなくてはならない。寒々とした空席だらけの会場という最悪の状況だけは免れたかった。友人相手に営業をするというより、会場を埋めるサクラが必要で、ベストを尽くしたという形跡が必要だった。

翌日もユミと私は、会社近くのビルの一階にある掲示板に手作りの広告を貼り、それを終えてから事務所に駆け戻ると、一歩も動かずに電話にへばりついた。社長も二十四時間、事務所に張りついていた。最初は思ったほどの反応はなかった。社長は電話機に問題でもあるかのように、受話器を取ったり置いたりをくり返していた。たまにぽつぽつとかかってくるのもひやかしの電話だった。

「明日が初日だっていうのに、盛り上がりに欠けてませんか？」

私は社長に向かって呟いた。

「嵐の前の静けさって言葉知らないのか？　来る人は裸足でだって来るんだ、大丈夫」

社長はそう言って私の疑いを一蹴した。

お別れ博覧会の当日。会場の建物は二十階建てで、部屋だけでも二百室あった。会場の入り口に着くと、「ブライダル相談会」という垂れ幕が目に入り、〝初婚・再婚どちらも歓迎します〟という立て看板も見えた。結婚情報センターによる数社合同のイベントだった。ロビーに入ると関係者とおぼしき人たちがあちこちに集まっていた。そのロビーの左側から〝お別れ代行致します　トロナお別れ事務所〟という黒い垂れ幕の文字が目に飛びこんできた。会場の位置をわかりやすくするため、入り口の壁に貼られた黄色い矢印の紙も見えた。

前日は夜中の零時過ぎまで内部の配置をしていたので、ほとんど一睡もしていない。設置はまず、天井までの高さが低いシステム部材ブースを借りてきてから、六十坪ほどの独立した空間を作り、椅子を三十脚ほど置いた。パーティションで遮った個別の商談スペースも用意した。来場者のためのコーヒーと清涼飲料水、飴などをテーブルに置き、会社のプログラムが載ったカラーパンフレットも持ち帰れるように並べた。

緊張感みなぎる表情の社長は、会場の外で続けざまに煙草を吸っていた。

「社長、昨日悪い夢を見たんです。相談しに来る人がひとりもいなくて」

「夢は現実と真逆だって言うじゃないか。あんまり気にするな。どんなビジネスも人が金になる。本当にひとりも来なかったときは、マネージャーがブライダル相談会から客引きしてくるしかないだろうな」

社長は私の顔をじっと見ながら、隣の会場で開催されているブライダル相談会から客を連れてくることをなんでもなさそうに言った。昨夜は悪夢のせいで寝つけなかった。人が集まらなかったら、社長は本当にそう命令しかねないだろう。

会場に一番早く到着した友人は女子高の同級生たちで、久しぶりに顔を見るメンバーだった。社長にみんなを紹介した。社長は彼女たちを見ると明るい表情になり、自分で直接ブースを案内する誠意も見せた。

「マネージャーのご友人に早く冷たい飲み物でもお出しして」

社長は彼女たちの来場で勢いづいたような表情だった。

私はジュウンに飲み物を頼み、友人にパンフレットを配った。みんなはパンフレットに目を向ける代わりに、私の手を引っぱると椅子に座らせた。

「いくら就職できないからって、どうしてこんなとんでもない会社に？」

三人の友人が一斉にそう言って私を叱った。

「いくらいいアイデアでも、これは無茶すぎるよ。でしょ？」

「ドキュメンタリー番組にあんたの社長の情報を提供してみれば。取材対象にうってつけじゃない」

三人ともいい獲物を見つけたと言わんばかりに騒いでいた。

「そんなこと言わないの。金持ちはね、別れるときも直接は告げないんだよ。外注するの。感情を浪費する代わりに、どうやったら儲けられるか考えるんだと思う」

「それはお金が腐るほど余ってる人たちのこと。イカレた人間の話でしょ。自分の口はチャックして赤の他人に別れてくださいって言わせることで、何かスペシャルな別れにでもなるわけ？」

　そのとき一人が加勢してくれた。

「人のビジネスの現場に来て、わざわざそんなこと言わなくてもいいんじゃない？　カウルが意欲的にやってる仕事なんだから応援してあげようよ」

　涙が出るほどうれしかったけれど、逆にその言葉は私を気まずくさせた。

「会社のビジョンを見て仕事してるんでしょ」

「非現実的すぎないか、よく見極めるんだよ」

「いくら五放世代〔就職難や経済不安から恋愛・結婚・出産・家・人間関係の五つを放棄する若者世代を指す言葉〕とは言っても、さすがにこれは違うんじゃない。何てかわいそうな世代なんだろうね、私たちって」

　別の友人が愚痴をこぼした。それもそのはず、三人ともアルバイトで生計を立てていた。

十一時になるとブースはぽつぽつと人で埋まりはじめた。やがて空席が見えなくなるくらいの人が集まった。ブライダル相談会で客引きしなくて済んだのはラッキーだった。社長は席が埋まったのを見ると、マイクを手にプロジェクターでパワーポイントの資料を見せながら会社説明をおこなった。

「〈トロナお別れ事務所〉をひと言で説明すると、感情を代行する会社です。別れたいのに義務感で付き合いを続けている方々、まったくお気の毒です。忙しい世の中において、感情の消耗だけでなく時間の消耗までしてしまっている。そんな現代人のための無駄のないカスタムお別れをご提案するのが、〈トロナお別れ事務所〉です。当社がみなさんのお別れを代行いたします。そして後腐れのないように責任を持ちます。ぎくしゃくしている人間関係、捨てられない習慣、こういうものを、この機会にきれいさっぱり整理してください。それだけじゃない、このビジネスに魅力を感じた方には支社を出すチャンスもさしあげます」

社長はいかにも真剣そうな顔つきで話を展開していった。座って聞いている人たちも社長の説明に耳を傾けていた。宣伝タイムが終わると、なんと来場者が質問してきた。

「あの、離婚の通知も代わりにしてくれるんですか？」

真ん中の席に座っていた中年女性が尋ねた。

「もちろんです。離婚というのは、本当に厄介ですよね。法律で解決するにも時間がかかるし、裁判所に行くのも面倒だ。それだけじゃない、何年もかかる場合もあります。訴訟の費用も馬鹿にならない。当社は低額での解決を最初から保証します」

社長は中年女性からの質問で、さらに意気揚々となった。

「習慣との決別は本当に可能なんでしょうか？」

別の来場者からの質問が続いた。

「もちろんです。坊主は自分の頭を刈れない〔自分の大切なことだが他人の手を借りないとできないという意味のことわざ〕と言うじゃないですか。習慣とはすなわち、その人の運命です。習慣ってやつにも見かけによらず弱点があるんですよ。そこを突けば離れていきます」

来場者は社長の言葉に半信半疑の表情だった。それぞれが抱える問題への質問が続き、社長はこれまで依頼を受けたお別れ事例の資料を見せながら説明した。

説明が終わると、私とユミは商談スペースで相談者を待った。好奇心から立ち寄った人たちは散り散りに去っていった。その中から顔色が夕顔のように白い五十代半ばくらいの女性が近づいてきた。近くで見ると顔はハリと弾力があり、お腹もぜい肉ひとつない。きちんと自己管理している中年女性の外見だった。私は彼女のまだら模様のマフラーに見覚えがあった。でも、それがどこだったのか思い出せない。女性は周囲の視線を気にしながら躊躇《ちゅうちょ》しているように見えた。その不安をなくすため、私のほうから席を勧めると、彼女はようやく商談スペースに座った。

「相談内容は秘密厳守ですから、ご安心ください」

中年女性を安心させようと言った。

「あの……離婚の相談なんです」

「ああ、そうでしたか」

中年女性は座ると迷いが消えたのか話を切り出した。

「私の夫は職業軍人です。結婚して五年で在外公館行きが決まり、二十年ずっと離れて暮らしてきました。ところが夫が退役し、完全帰国することになったんです。予想はしていましたけど、正直、少し動揺しました。結婚して二十五年とはいっても、新婚時代を除いたら年に数回、私が夫の駐屯地に行くか、夫が休暇で帰国したときぐらいしか会うことはなかったんです。最初のうちはひとりで過ごすのがつらかった。でも時間が経つと徐々に慣れていって、楽だと思うようになったんです。それなのに最近は引退した夫がいるせいでつらくて。リビングのソファに並んで座っていてもなんだかぎこちないし、同じベッドに夫が寝ていると、知らない人が横にいるみたいで落ちつかないんです。さらに、事あるごとに小言を言われて頭がおかしくなりそうで。もう、うんざり」

中年女性はため息をついた。疲れ切っているのが明らかな表情だった。彼女の言葉に頷きながらも、まだら模様のマフラーが目に焼きついて離れない。あのマフラーを見た記憶をたどってみた。

「そうかもしれませんね」

「お嬢さんはまだ理解できないでしょうけれど、このくらいの年齢になればわかるようになると思いますよ」

彼女は誰かもわからぬ若造相手に、結婚生活の相談をするのを不安がっているように見えた。

「周りにもそういう方は多いですよ」

私は相槌を打った。彼女は不安が少し収まったのか話を続けた。

「朝ご飯の準備をして、用事を済ませに出かけるときも、それとなく夫の顔色をうかがわなきゃならないんです。それだけじゃありません。マンションのゴミ捨て場で、ちょっとご近所さんと立ち話が長引いただけでも、口をこういうふうに尖らせて……。家で虎を飼ってるような気分ですよ。それに何の意地悪のつもりなのか、私のやることなすことすべてに関わろうと、常にイライラしてるんです。一日や二日なら我慢もできますが、興味もない登山に無理やり付き合わされるのも苦痛だし、はあ、毎日息が詰まります」

「旦那さんはご友人と会ったりしないんですか？」

「若いときから海外勤務だったので、友人とは縁が切れてるんです。趣味もないし。私が同窓会で遅くなろうものなら携帯電話は鳴りっぱなし。だから電源は切ってしまうんです。話には聞いていましたけど、夫源病がこんなにしんどいとは知りませんでした」

中年女性は夫の引退をちっとも喜べないというような表情だった。まだまだ不満が溜まっているのか話を続けた。

「年に一、二回会っていたころが懐かしくて。ひとりで寝る習慣がついているので、夫の体が触れるのも、ものすごい苦痛なんです。さらに、最近は買い物にもついてくるって言い出して」

「その年代の男性は、ほとんどがそんな感じだって言いますよね」

私は相槌を打ちながら会話を促した。新聞やインターネットで見た社会現象を持ち出しながら合いの手を入れる。

「心底腹が立ったのには訳があります。先日友だちと香港旅行に行ったんです。そしたら呆れたことに、着いてまだ日も変わっていない深夜に、夫から電話がかかってきて。ほら、あの貯蓄銀行の件、ご存じでしょう？　国の財務基準を満たしていなくて営業停止になったたっていう。夫が送金してくれていたお金は別の貯蓄銀行にあるんです。それなのに、その報道があってすぐ、自分が送金した金はどこにあるんだって大騒ぎをはじめて。今すぐ旅行を中止して、飛行機で帰ってこいって言うんですよ。旅行はこれからだっていうのに。しかも、問題の銀行にお金を入れておいたわけでもないのに……。私は帰れないと言い張りました。頑として譲らない夫を無視して旅行を終え、家に戻ると、食卓の上に通帳と紙の山が置いてあったんです」

中年女性は息もつかずに一気に言った。

「何だったんですか？」

「これです」

中年女性が鞄から取り出した紙にはこう書かれていた。

「俺の金が消えた。血の汗を流して稼いだ金……。三千万ウォン足りない。あの金はどこへ流失したのか……。離婚……離婚……離婚……」

夫の苦悩がそのまま見て取れる筆跡に、思わず笑い出してしまった。これを書いている姿が頭に浮かんできたからだ。

「他人からしたら笑い事でしょうけど、こっちはこみあげる怒りで頭がおかしくなりそうなんですよ。この殴り書きは何を意味してると思います？　なんて意地の悪い、あつかましい人……。私の旅行中に、引き出しにしまってある通帳をねちねちとくまなく探して、朝まで計算していただなんて、もう本当に耐えられませんよ。一緒になって二十五年になるっていうのに、三千万ウォン足りないからって離婚だなんて。これ見よがしに置いてあったこの殴り書きを見た瞬間、血が逆流するのを感じました。だからいい機会ですし、決心したんです。私のほうから先に、この関係にけりをつけてやるって。寝ている子を起こしたってわけです。依頼するのに十分な理由でしょう」

「旦那さんは、お客さまの気持ちをご存じなんですか？」

「さあ。自分にはびくびくしなきゃならない理由はないという態度でいますれど、離婚するとこちらから飛びかかれば、どう出るかはわかりません。私の価値は三千万ウォン以下だって言われているのに、これ以上我慢するのは屈辱です。夫なしで生活するのは簡単だったと思いますか？　みんなが家族で外食だ、旅行だって言ってるとき、私はすべてを我慢して、子どもと一緒にひっそり生きてきました。そんな私にあんなこと言えますか、普通？　まったく……」

中年女性の話は一編のコメディだった。三十歳という年齢で人生を理解するのは本当に難しい。ずっと夫のいない人生を送ってきた母を思い出した。考えてみると、世の中ってすごく不公平だ。彼女は心理的不適応によるショック状態のようだった。夫の定年による夫源病って、まさにこんな症状ではないかと思った。

「そこまで大変だと、離婚しようという気にもなりますよね。それでは本気で離婚しようとお考えなんですね？」

こちらから離婚を勧めるのは気まずかったので、もう一度依頼人の気持ちを確かめた。

「決心はもうついています。どうしても自分の口から離婚を切り出す勇気がないだけなんです」

「では、こちらにご記入ください。旦那さまの情報と、離婚理由もお願いします」

彼女は鞄からリーディンググラスを取り出すと、真剣な表情でじっくりと記入用紙の項目を見ていた。決心は固いようだった。離婚問題はどうもぴんとこない。まずは依頼を受けておいて社長と相談する必要があった。

中年女性の相談が終わり、社長を探した。相談者を見送りに行った社長の姿が会場の外に見えた。向かい側のブライダル相談会はごった返していて、その来場者の中に社長の顔があった。社長は私と目が合うと、照れくさそうに煙草をズボンのポケットから取り出してロビーに向かった。ブライダル相談会を覗きこんでいた姿に笑ってしまった。自分はシングルだと言っているようなものだ。そういえば、先ほどのまだら模様のマフラーを見たのがブライダル相談会の入り口だったと思い出した。離婚と結婚、両方の相談をしたのだとしたら、もしかすると彼女はすでに他の男性と不倫関係にあるのかもしれない。急に鼓動が速くなるのが感じられた。

ふたたびブースに戻った。ユミとジュウンも真剣に相談を受けていた。興味のある人がいることがわかって安堵した。そのとき、こちらを覗きこむ白髪交じりの男性が見えた。グレーのスーツ姿で小綺麗な印象だった。私は立ち上がると、グレーのスーツの男性を商談スペースに案内した。くっきりとした八の字の皺のせいで、余計に憂うつそうな顔に見える。男性は喉が渇いていたらしく、椅子に座るや否やテーブルに置かれていた水のペットボトルを手にすると、飲んでもいいかと尋ねた。そしてごくごくと一気に飲んだ。

「こういう会社があると知って来てみたんですよ。人の習慣というのは本当に恐ろしい。私は一カ月前に会社を辞めたんですが、毎朝六時になると必ず目が覚めてしまうんです。それに何だか妙に不安で、じっとしていると胸が苦しくて。それで、以前のように身支度を整え、会社の入り口に立ってみたら、すごく楽になったんです。本当は通勤途中に会社の人間と出くわしでもしたら気まずいし、つらくなると思うんですが、それでも胸の苦しさは少し収まるんです」

「習慣は無意識の行動です。無意識の中でも習慣は続きます。こうした習慣はすぐには変わりません。体に染みついた習慣を追い出そうと思ったら、強力なショックが必須になることもありますが、とてもおつらい状況ですね」

私は社長から教育されたとおりに習慣について説明した。

「どんな方法がありますか?」

男性は好奇心の滲む目で尋ねた。

「巫女《みこ》が神を降ろして魂と対話するように、自分で自分をうまく誘導するんです。これまでの習慣に取って代わるような、何かほかのことを見つける必要があります。強制的に習慣と決別するには、トラウマを作るのも悪くないと思います」

慎重に聞いていた男性は頷いた。

「まずはプロフィールとお別れする対象を書いていただき、ご相談の日程も決めてください」

男性は私が差し出した用紙に記入をはじめた。グレーのスーツを着た男性が帰ると、客足は途絶えた。予定されていた時間が終了すると、什器《じゅうき》を整理して配送トラックに積み、私たちは社長の車に乗った。

「みんな、お疲れさま。おかげで宣伝効果もあったみたいだ。相談件数も二十を超えたし、小さな成功だといえるだろう」

社長はお別れ博覧会を無事に終えたことを大いなる励みだと捉えていた。

打ち上げをしようと言った社長は、私たちを会社の近くの角にあるカムジャタン屋に連れていった。豚の骨がたっぷり入ったカムジャタンとほかの鍋料理、焼酎を頼んだ。社長の注文する声は力強く、自信に溢れていた。

「これで口コミが広がってくれるといいのですが」

ジュウンが豚の骨を掴みながら言った。

「そんな簡単に噂が立つんだったら、起業した人間全員が成功してるだろう」

口コミを広げるのは簡単ではないと、社長はよくわかっていた。

「こういうときは話題作りをする人が必要ですよね。記者に当たってみるのも悪くないかも」

「じゃあ、ユミさんが記事を書いて新聞社に送ってくれよ」

「いい考えですね」

私はユミのアイディアに相槌を打った。その日は深夜までグラスを傾けながら、これから頑張っていこうと決意も新たに過ごした。

9

「私、打ち合わせが決まったの。博覧会のときに依頼があった人なんだけど、これまでの努力が無駄にならなくてよかった」

ユミが事務室に入ってきた私に向かって大きな声で自慢げに言った。

「社長の確信がほんとに現実になっていくね」

「今回は鷺梁津《ノリャンジン》のコシウォン〔主に予備校生が生活するための狭い部屋。鷺梁津は公務員予備校が立ち並ぶソウル市中部の地名で、公務員試験に受かるために何年もコシウォンで生活している人が多い町として有名〕で七年暮らした人でね。その人が言うには、頼むから自分をコシウォンから抜け出せるようにしてほしいんだって」

「今回はコシウォンとの別れか」

「そういうこと。事情を聞いてみたら気の毒だった。大学を卒業してから一度も世に出た経験がないんだって。自分の知る世界はこの試験村がすべて。公務員試験のために一年、また一年と過ぎていって、気づいたらもう三十五歳。しかもストレスで円形脱毛症にまでなっちゃったんだって。これは公務員試験の受験者の悲劇だよ」

「円形脱毛症まで？　深刻だね」

「でも、もし自分が長いあいだ住み続けた場所を後にするって考えたら、確かに不安かもしれない。たとえ試験村でも、この人にとっては家なわけだし」

「とりあえず社長に報告して、コシウォンとおさらばできる妙案を相談しないとね」

話をしていると、事務所に一本の電話がかかってきた。

「早く出してよ！」

受話器の向こうからは子どもの焦った声と、緊迫したドタバタという音が流れてきた。受話器の向こうで何か諍《いさか》いが起こっているようだった。

「もしもし？　もしもし？」

少しして慌てたようすの女性の声が聞こえてきた。興奮の収まらない震えた声だった。

「そちらで、悪習慣をやめさせてもらえると聞いたんですが」

女性の声は焦っていて、ひどく興奮していた。

「小五の子どもが一日中スマートフォンを離さなくて。朝までゲームをして、学校では爆睡しているようなんです。スマホを隠したら隠したで私に当たるんです。スマホが見えないと落ち着かないらしくて、このままだと心配で。こんな習慣も治せるんでしょうか？」

女性はずっと荒く息をしながら話していた。

「それは穏やかではありませんね。ですが、あいにく弊社は未成年相手の業務はおこなっておりません」

女性は諦め切れないようだったが、電話を切った。

「世の母親たちはスマホのせいで頭が痛いみたい。手の打ちようがないらしい」

私は相談者の苦労をユミに聞かせた。

「大変なんだろうね。本の代わりにスマホばっかり触ってる子どもを見守るのも、せいぜい一日か二日で限界だと思う。ほんとにイライラするんだろうな。だからユダヤ人は絶対にテレビもスマホも子どもには見せないんだって」

ユミは落ち着かない表情を見せた。

「そうだね、これからの子どもたちは自分で考える代わりに、人工知能のスマートフォンに全思考を委ねるようになるんじゃないかな。結局はほとんどが無能な人間として落ちぶれていくのかも」

「万能な機械に依存する人間に成り下がるんじゃないかって、私も怖くなるときがある。人との関係も距離ができていって、そのうち対面だと疲れるようになるんじゃないかな」

「対人恐怖症の患者が増えるんじゃない？」

ユミが言い終わると同時に社長がパーティションの向こうから出てくると、待ってましたとばかりに言った。

「それこそ俺たちが待ってた世界だろう、違うか？　人との関係を苦痛に思う人間が増えるのが、俺たちの仕事にとっては希望の光だろ」

江南《カンナム》駅の近くにあるビルに向かった。依頼人は社会人一年生で、貿易会社に勤める女性だった。彼女は職場から近いという理由から、ひとり暮らしの祖母の家で一緒に暮らすようになったのだが、いつも一緒に夕飯を食べようと自分を待ち構えている祖母との関係に悩み、同居の解消を望んでいた。彼女は挨拶した瞬間から、実の姉にでも会ったかのようにつらい状況を訴えた。

「ひとりで暮らしている祖母の相手をするのは、とてつもない忍耐力が必要です。小言はもちろん言うまでもありません。スマホを見る習慣から、コーヒーを何杯も飲む習慣まで、何にでも文句を言うんです。しかも、夜中にパソコンを見ていたら病気扱いですよ。他にも、こっちは興味ないドラマを一緒に見ようって言ってきたり、散歩に行こうって駄々をこねたり、世代の違う祖母と同居するのは本当にしんどいんです。私だって一日中会社のデスクに座っているせいで、肩が抜けそうなくらい疲れ切っているというのに、帰宅したと思ったら今度は口うるさい祖母が待ち構えているなんて、もう我慢の限界なんです。でも、家を出るとは言えそうになくて困っているんです。私の言葉に祖母がショックを受けたらどうしようかと。なので、助けてください」

彼女はジェネレーションギャップに苦しんでいた。自分と同世代の人間に合わせながら暮らすのも簡単じゃないのに、ましてや自分と生活環境が完全に異なる相手に合わせて生活するのは大変なはずだった。

「私はワンルームでも探して、ひとり暮らししようかと考えています」

彼女はハリネズミみたいに敏感なタイプに見えた。費用と手続きについて気になる点を質問すると、持ち帰って検討してから連絡すると言った。

相談を終えて建物の外に出た。PM2・5のせいか、少し歩くだけで喉がからからだった。こんなときはライム水で喉の渇きをいやしたいと思い、近くのコンビニに入った。きょろきょろしていると、道路の向こう側に建つビルの壁にHTVホームショッピングの名前が見えた。カン・ミフが勤める会社だった。

横断歩道の信号が青に変わると、不思議と胸がどきどきした。これまでカン・ミフのことを忘れていた。彼女の顔から血の気が引いた日の記憶が鮮明によみがえった。あの日、カフェの窓越しに見たのは今にも涙をこぼしそうな彼女の目だった。そんな目を見ながら、彼女を励ます言葉をかけてあげたかった。映画『バグダッド・カフェ』の、夫に捨てられたふくよかなドイツ人女性のジャスミンと、生きる意欲を失い砂漠みたいに荒涼としているブレンダとの関係に似ているのかもしれない。魔法の時間はいつも思いがけない場所ではじまるものなのだ。

そこまで考えてはっと気づくと、いつの間にかカン・ミフが勤務する会社へ足早に向かっていた。

ビルの中に入ると一階の廊下の端にスタジオが見えたので、そちらへと歩いた。〈シェフスープ〉という名前のレトルトスープの広告がスタジオの入り口にあった。オンエア中という赤い文字が点灯している。シェフスープはカン・ミフがローンチした商品名で間違いなかった。でも彼女は見当たらなかった。ちょうどそのとき、紺色のスーツを着たテレビショッピングのホストが出てきた。

「あの……カン・ミフさんはどちらにいらっしゃいますか？」

「あ、カン・ミフMDですか？　病気休暇中ですよ」

「病気休暇ですか？」

「具合が悪いからしばらく休むって言ってましたけど……」

女性はそう言うとロビーのほうへすたすたと去っていった。一気に頭が重くなった。彼女が病気休暇の申請をしたのは、私と最後に会った翌日だった。ファン・ソグォンからの別れの通知と関係があるのではないかと気になった。ふたたび頭の中からかすかな悲鳴が聞こえてきた。

駅に向かう道は相変わらずごった返し、地下鉄も帰宅ラッシュで混雑していた。何とか人をかき分けて入るとつり革を確保した。地下鉄が漢江《ハンガン》鉄橋に差し掛かり、川が見えはじめると少し緊張がほぐれた。

カフェで最後に会ったときのことを思い出してみた。彼女をひとり残して一目散に逃げ去ったのは、この仕事にけりをつけたいという自分のエゴからだった。これ以上社長の小言を聞きたくなかったし、ファン医師からの督促もプレッシャーだった。ファン医師との別れが病気休暇に至るほど深刻なダメージになるとは思ってもいなかった。あの日のいざこざは彼女の病気休暇と無関係だと誰かが言ってくれたら、どんなにほっとするだろうか。

事務所を出て京義線《キョンイソン》の森の道を歩いた。駅の周りを歩いてみると秋の趣が色濃く感じられた。秋の空と風が思索にちょうどいい日だった。街角の落ち葉を踏みながらカン・ミフのことを思い出していた。落ち葉は彼女と似ていた。木は葉で光合成を行って栄養分を作るが、気温が下がり、日差しが弱くなると、水分を奪われないために葉を落とす。このとき木は落ちていく葉との別れを選択したということになる。それは木が生き残るための戦略ともいえる。人もやはり生き残るために別れを選ぶのかもしれない。そんなことを考えていたら複雑な気持ちになった。

カン・ミフの部屋に行ってみることにした。５０８号室の前に立ったはいいが勇気が出ず、しばらくためらっていた。彼女は中にいるのか、そっとドアに耳を当ててみた。人の気配はなかった。勇気を出してチャイムを鳴らした。静かなままだった。もう一度指に力を込めて二回連続でチャイムを鳴らした。

しばらく待つと、静かだった部屋の中からドアに向かってくるかすかな足音が聞こえた。すぐにドアが開き、彼女の顔が暗闇にちらりと見えた。アイボリーのパジャマ姿の彼女が現れた。濃い眉毛に化粧っ気のない顔が浮かび上がった。細い蔓《つる》しか残っていない植物のように痩せ細っていた。彼女を見た瞬間、映画監督のライナー・ヴェルナー・ファスビンダーの言葉を思い出した。〝愛とは社会的な抑圧を加える、もっとも狡猾《こうかつ》で効率的な最善の手段だ〟。その言葉を彼女の顔がそのまま物語っていた。

カン・ミフは突然の訪問に驚いている表情だった。私は言葉を失ったように立ち尽くしていたが、ようやく言葉を絞り出した。

「ミ……ミフさん……すみません。突然来てしまって……。会社にうかがったら病気休暇中と聞いたので。いや、あの……それで……」

結局言葉が続かず、奇妙な姿で立ち尽くしていた。彼女は腹を立てる代わりに感情の読み取れない表情で、私をじっと見ていた。

「まったくしつこい人ね。何が知りたいの？」

彼女は冷たく言い放った。今の私はどんなことを言われても耐えられると思った。

「あの……中に入ってもいいですか？」

「帰ってってば！　お願いだから！」

カン・ミフはヒステリックに怒鳴りながらドアを閉めようとした。私はドアノブを握り、力の限り押した。すると、彼女のか細い体が後ろに押し出され、床に倒れてしまった。

「す……すみません」

カン・ミフは真っ青な顔で床を凝視して座りこんだまま、立ちあがる気配がなかった。肩を落とすその姿を見ていたら怖くなり、急いで床にへたりこんでいる彼女に手を差し出して起こした。彼女の体は鳥の羽毛みたいに軽かった。私に体を預けたまま、おとなしくベッドまで歩いた。私の肩にもたれた彼女は、力がまったく感じられないほど痩せ細っていた。室内は長いこと人の出入りがないように見えた。淀んだ空気は湿っぽかった。紫色の遮光カーテンで窓全体が覆われたままで、日差しは完全にシャットアウトされていた。

目を引いたのは彼女のベッドだった。布団はぐちゃぐちゃで、室内は人が死んでいても誰にも気づかれないような闇に沈んでいた。彼女は干上がってしまった草花みたいに萎《しお》れていた。室内の重い空気は私たちから言葉を奪った。

カン・ミフのこけた頬が寂しげに映った。笑顔で愛を手放すことにまだ慣れていないのだという印象がぬぐえなかった。

「まだファン・ソグォンさんに対する気持ちの整理がつきませんか？」

「あの人の話ならやめて」

「去っていった相手を美化しすぎなんじゃないですか？　悪い男は忘れるのも早いって言いますよ」

「悪い男？　悪い男って何なのか、あなたにわかるわけ？」

カン・ミフがまたしても鋭く言い放った。

「不愉快なのはわかります。でも、彼はそこまで特別な人には見えませんでした。

男性との出会いなら、またありますよ」

「まるで男性の心理がわかるみたいに言うのね」

「経験した人にしかわからないと言いたいんですか？　子どものころ、自分と近しい人間が男の人で苦労するのを見てきました。それで得たのは、魂が傷つくほどの激しい恋愛はしないでおこう、という決心のようなものでした」

私の言葉を聞いていた彼女の目がぼんやりと力を失っていった。

私は相変わらず愛という感情に好意的になれなかった。情熱的な愛がうらやましかった時期もあった。何も考えず感情に溺れてみたいという欲望が、今もたまに頭をもたげることもある。恋愛依存はドラッグより安全で、煙草よりかなりの依存性があると言うけれど、私は躊躇《ちゅうちょ》しているせいで未だにひとりだった。

彼女は霜枯れの植物のようにやつれて青白い顔をしていた。急に彼女の心を癒せる何かをしたくなった。そういう真剣でもふざけてもいないことで彼女を慰めてあげられそうだった。

「ミフさん、今週末に失恋パーティをするのはどうですか？」

「何ですか、それ？」

はじめて彼女の飽き飽きしたような目つきに変化が見えた。

「シングルに戻ったミフさんを祝う失恋パーティですよ。過去をさっさと払い落として、立ちあがりましょうって意味です。失恋パーティで厄払いするんですよ。別れたことを伝えたい友だちをたくさん招待して、再出発を知らせてはいかがですか？　彼にもメールを送りつけて」

「奇抜なこと考えるのね」

彼女の口調は皮肉めいていたが、少しずつ反応が返ってくるようになった。

「ミフさんは私の知ってる人とすごくよく似てるんです」

「誰に？」

「ある人です」

「ある人って？」

「過去の思い出を水槽に入れたまま、取り出す術を知らずに眺めているだけの人です。私とは大違いなので、たまにうらやましい気持ちにもなります」

「そんな人が私のほかにもいるんだ。やりきれないでしょうね」

彼女は低い声で言いながら、はじめてかすかに微笑んだ。二人のあいだの緊張感がようやく解けた瞬間だった。

「ミフさん、鏡を見てください。顔が半分になっちゃったの、気づいてました？」

私は立ちあがると部屋の隅にあるキッチンに向かった。

「シンクに水滴ひとつ落ちていませんけど、最後に食事をしたのはいつですか？お米はどこです？」

「そんなことまで気を遣わなくて結構よ」

頑なに拒否する彼女を尻目に、私はキッチンをあちこち探し回った。積極的な態度に呆れたと言うように彼女は制止を諦めた。シンク下で米を見つけて洗い、炊飯器に入れてスイッチを押した。シンク台の棚に目をやると、黄色くなったベラドンナが見えた。黄色い葉っぱを取り除き、鉢に水をやった。草花も主人に似るようだ。生気を失っていく姿は間違いなくカン・ミフを見ているようだった。

「植物が死にかけてますよ」

「ああ、それ？」

「花は萎れてるし、黄色い双葉も散ってました。これ、私にくれませんか。生き返らせてみようかと……」

「もう枯れてるのに、どうやって生き返らせるのよ」

「まだ根っこは生きてるはずですから、心を込めて世話してみます。家にもベラドンナが必要な人がいるので」

「どうせ私にはもう必要ないから。生き返らせることができるなら、持って帰って」

彼女の許可を得た私はベラドンナを紙袋にしまった。

チチチチと炊飯器からご飯を炊く音がリズムよく聞こえてきた。その音が何だかうれしかった。なすべきことを果たした気分だった。

部屋を後にするとき、彼女の顔をもう一度見た。まるで落ちていく鳥のように弱しく、痛ましく見えた。部屋を出る私に彼女は私に華奢《きゃしゃ》な手を振った。

家に帰って最初にしたのは、母が使っている部屋の窓枠の隙間にベラドンナを置くことだった。本来ならその脇に紫褐色が咲くという卵型の葉はふにゃふにゃだったが、心配しないことにした。すべての生命は絶対者の手の中にあると信じる気持ちがあった。

「死にかけてる花なんて、どこから持ってきたの？」

母は私を見ると尋ねた。

「持ち主が育てられなくなったの」

「持って帰ってくるなら元気なのにしてよ。そんな干からびてしわくちゃの花を家に置くなんて。あなたもまったく……」

母は気分を害したのか眉間にしわを寄せた。

「死にかけてる命を救うのが、どうして悪いことなの？」

「片付けてよ、見たくないの」

母のいらついた声に、私までむしゃくしゃしてきた。

「お母さん、最近なんでそんなにいらいらしてるの？」

「どうしてわからないの？　具合の悪い人がいる家に、どうして死にかけてる花なんて持ってくるのよ？　お母さんの健康回復を願うなら、赤いバラとかフリージアみたいに生き生きしてる花を持ってくるのが普通でしょう？」

母の言うこともあながち間違いではなかった。そこまで思いが至らなかった。

「怒ると顔にしわがたくさんできるよ。お母さんは笑ってる顔が可愛いのに……」

愛嬌《あいきょう》たっぷりの言葉に、硬かった母の表情が和らいだ。

「この花、なんていうの？」

「ベラドンナ」

「どこかで何度も聞いたことがある名前だけど、映画のタイトルかしら？」

「映画じゃなくて、外国の歌手の名前ならあるけど」

「そうなんだ？」

母は腹を立てていたことなどなかったように、好奇心の滲む目で花を見ていた。

「お母さん、このベラドンナ、生き返らせてみない？」

「私、植物育てるの下手なのよ」

「それでもやってみて。この花がお母さんに幸運をもたらすかもしれないじゃない」

「そんなことってある？」

「どうしてないって言い切れるの？　この花には呪術と関係のある花言葉があるんだよ」

呪術の花言葉という言葉に母は目を丸くした。

「中世の魔女は、好きな人の目にこの花の汁を塗るように言ったんだって。つまり呪術の道具として使ったってわけ。だからって本当にこの花の汁を目に塗ったらだめだからね。そんなことしたら、お母さんは愛する娘の顔が永遠に見られなくなるんだから」

「子ども扱いしないでくれる？　私が花の汁を目に入れるバカに見える？」

母はちらっとこちらを睨みながら言った。

「愛してれば何でもできるでしょう？」

「あなたって、お母さんのこと全然わかってないのね。ちょうどいい機会だし、あなたの言うとおりにこの花を生き返らせて、花の汁でも目に塗らないといけないわね。エリザベス・テイラーって俳優、知ってるでしょう？　八回も結婚したけど、誰とも添い遂げられなかった。お母さんはたったひとりの人と家庭を作りたかったけど、これも運命だったのよ。最後にこの花の汁でも使ってみようかな。枯れ木に花が咲いちゃったりして？」

母は久しぶりに笑いながら冗談を言った。

朝、事務所に出勤すると、まずファン・ソグォンに電話をかけた。カン・ミフに精神的な問題が発生したことを告げ、アフターサービスとして失恋パーティをするという計画があると伝えた。

「どうしてもというなら仕方ないですね」

ファン医師は意外にも淡々と受け入れた。別れの予後が良くないと伝えるときは少し緊張したが、彼の態度を見てパーティ費用も一緒に請求することにした。ファン医師の同意で意外に事がうまく運びそうな予感がした。カン・ミフの失恋パーティの計画を社長に伝えてからスマートフォンで場所を検索した。延南洞《ヨンナムドン》にある雰囲気のいいカフェのブログでパーティルームを調べ、花束を予約した。

予約が済んでから事務所を出て、近所にある書店に向かった。『別れに対する礼儀』という本も一冊買った。この本で失恋の傷が完治することを願う気持ちを伝えたかった。

五時ごろ、急いで延南洞に戻り、検索しておいたカフェを探して歩いた。カフェ通りを歩いていると〈晴煙《チョンヨン》〉というゴシック風の看板が見えた。外のテーブルでは二人の外国人がひっきりなしにしゃべっている姿が見えた。

まずカフェに入って中を見回した。隅にある階段を上ると、二階に個室があった。一階へ戻ってカウンターへ向かう。カウンター横にある棚にはドリッパーとコーヒーミル、フォトフレームが置かれていて温かみを感じた。こういう雰囲気の中で失恋パーティをしたら、カン・ミフの慰めになるような気がしてときめいた。私は店長に週末の予約を頼んでカフェを後にした。

10

「ジュウン、ここで何してるの？」

ジュウンが朝から廊下をうろうろしていた。

「それが……その……」

「何なの？」

「中に誰かいるというか」

ジュウンが事務所のほうを目で指した。

「……女の人が寝てるんです」

「女の人が？　どこに？」

女の人という言葉を聞いた私はドアを開けて中へ入った。でも事務所の中は空っぽで、人の姿は見えなかった。

「なに、誰もいないじゃない」

「あそこのベッドに……」

ジュウンが指差したのは、パーティションの向こうにあるベッドのほうだった。用心深くパーティションのほうへ向かい、中をちらっと覗きこんだ。なんということだ！　ベッドには大きなウェーブがかかったロングヘアをだらりと垂らした女性が、服もろくに着ずにぐっすり眠っていた。私は注意深く近づくと女性の顔をじっくり見た。化粧が崩れていて、眉間の小さなほくろが目立つ。すうすうという寝息が私の耳にまで聞こえてきた。焼酎のにおいが鼻先をツンと刺激したところを見ると、昨晩は痛飲したらしい。酒のせいで暑いのか、ベッドの上に服を脱ぎ散らかし、スカートは腰までまくれ上がった状態だった。あらわになった体の上に薄い布団を掛けてやる。女性は相変わらず深い眠りの中だった。足先に何かが引っ掛かるのを感じて床に目をやると、彼女の赤いエナメルのパンプスが転がっていた。私は彼女の靴をベッドの下に揃えると、パーティションの外に出た。

さいわいなことに社長は出勤前だった。もし今この瞬間、社長まで一緒にあのベッドに寝ていたら……。考えるだけでおぞましかった。社長が事務所で寝泊まりまでしていることに、ずっと心中穏やかでなかった。社長の居住空間があることは私たち社員にとって常に負担だった。女三人が出勤する事務所にベッドが置いてあるのは奇妙な話だ。特にジュウンとユミの二人とも出かけてしまったりすると、社長と二人でいなければならない。二人のうちどちらかが違う感情を持つようになったら、ひと悶着起こる可能性も十分にある状況だった。だから二人きりになる日は何となく神経を尖らせている自分がいた。たまに、家で寝たらどうですか？　と社長に訊くと、ここが楽なんだという短い答えで曖昧にごまかされた。さいわい、二人きりのときの社長は椅子に座ってコンピューターゲームをしたり、電話を掛けたりしていた。帰る場所がないのは明らかだった。

ベッドでお気楽に眠る女の人はいったい誰で、ここにはどうやって入ったのだろう？　あらゆる想像をしながら朝の時間を過ごした。彼女を起こして帰らせせようかとも思ったけど、やっぱり社長が出勤しないことにはどうすることもできなかった。

自分の席に戻ってパソコンを起ち上げ、会社のホームページに質問や相談の依頼が来ていないかチェックした。そのとき事務所のドアがぱっと開いて社長が入ってきた。手には薬の紙袋が握られている。社長は私たちを見ると、しばらく困ったような表情を浮かべていた。私たちは何事もなかったかのように、忙しくそれぞれの仕事に取りかかっていた。続いてユミがドアを開けて入ってきた。ユミは席につかずにそのまま社長のいる机のほうへ歩いていった。

「社長、この前の鷺梁津《ノリャンジン》のコシウォンに住んでる男性がいたじゃないですか。意外とうまくいきそうですよ。今日中に連絡をくれるそうです。自分が試験村の幽霊になってしまいそうだと不安がってました。自分ひとりの力では離れられないから、いっそ……」

ユミの話がそこで途切れた。パーティションの向こうのベッドを見たのは明らかだった。しばらくしてユミは何も言わずに自分の席に座った。その姿を見ていたら思わず吹き出しそうになり、必死に口を閉じた。ユミは私を見ながらベッドのほうを指差すと、誰？　と声を出さずに口だけ動かした。私は知らないと首を振った。

十二時になってもベッドのほうから動く気配は感じられなかった。あの女の人は今どんな姿勢で寝ているのだろうかと想像してみた。たまに寝返りを打つ音はしていたが、パーティションの向こうから彼女が出てくることはなかった。社長は時間が経つにつれ、ますますそわそわし出した。

昼休みになると、社長は外でランチを食べてくるようにと私たちを送り出した。

事務所を出てスンドゥブチゲの店に入った。三人でのランチは久しぶりだった。スンドゥブチゲを食べながら、私たちはあの女性と社長の関係について推理してみた。

「本当に誰なんだろう？　社長の奥さん？」

「これまで奥さんらしい人から電話がかかってきたことはありませんよ」

「水商売の人にしては老けすぎじゃない？」

「あの人、よく考えたらたいしたもんよね。他人《ひと》の会社でこの時間まで寝てるんだから、度胸あるよ」

「私が見たところ、社長と深い関係にあるのは間違いないですね」

三人でひとしきり社長と女性についてひそひそ話した。

食事を終えて事務所に戻ると、社長と女性の姿は消えていた。ベッドのほうへ行ってみると、あの女性が確かにいたという痕跡のように、丸まったしわくちゃの布団だけが置かれていた。その痕跡はとても不愉快で、勤労意欲を喪失させた。こんな環境で働いている自分自身に対して、まさにあのベッドにしわくちゃな状態で放置されている布団のような侮蔑を感じた。快適な空間や福利厚生が整っている企業は、私にチャンスを与えてくれなかった。それでも最低限の尊厳を守れる環境は必要だった。明日も明後日もこんな事務所で働かなければならないなら、どこまで忍耐力がもつか自分でもわからなかった。

午後になると、以前に離婚の依頼をしてきた中年女性から電話があった。彼女は決心がついたようで、仕事を始めてほしいというゴーサインを出してきた。夫が住む家の住所、夫に伝えたい別れの言葉、そして離婚届を確認した。彼女はすでに家を出て、某所にあるオフィステルに移ったと言った。私はまたしても悪役を担当しなければならなかったが、特別な感情は湧かなかった。彼女の夫の顔が歪《ゆが》むのを想像するくらいだった。精神的に負担ではあるけれど、同時に欲を出すべき仕事でもあった。お別れマネージャーはさまざまな事例を経験するのが大事だと社長は言っていた。私の仕事は別れを告げ、書類に判を押してもらえるようサポートすることだけだが、問題は退役軍人を説得できるかどうかだった。仕事の特性上、離婚届の記入まで必要な依頼は、報酬も通常の三倍だった。離婚届がある分、お別れ案件の中でも厳しい仕事だからだ。

昼食を終えた社長は私を激励するために、依頼人のマンションまで車で送ってくれた。社内で社長は勇ましく声をあげた。

「今回の仕事を無事に成功させたら、カウルさんは真のお別れマネージャー、プロになれる。離婚届を書いてもらいたいと思ってる女性は世の中にたくさんいる。だが夫婦間に深刻な問題があっても、離婚するまでの大変な過程はご免だと諦める人がほとんどだ。うちみたいに代行してくれる会社があると知れば、もう離婚を先延ばしする必要もないだろう。弁護士費用よりかなり安くすむうえに、弁護士や自分は巻きこまれることなく解決するんだから。なんて楽な世の中だ」

社長は自信満々だった。

「離婚を助長するんじゃないですか？　最近のテレビも離婚の話題ばっかりですし、社会が離婚の話題を安易に誇張しすぎなんですよ」

「それは社会の問題だろう。深刻になる必要はない。これはビジネスなんだ。カウルさんが世の中の流れを変えられるとでも？　逆らえない選択だよ。俺たちはただ誰かの感情を預かって代わりに解決し、少しばかりの手数料をもらうだけだ」

社長は簡単明瞭に結論づけた。

車が依頼人のマンションに着くころ、自分の体がカチコチにこわばっているのを感じた。社長はエントランスに車を停めた。私は社長をまじまじと見つめながら訊いた。

「私、うまくやれますかね？」

「あんまり心配しないで依頼人の言葉だけ伝えればいい。これが無理なら、もう他にできる仕事なんてないんだということを忘れないように」

社長は淡々と言ったが、その言葉は私をひやりとさせた。

私をエントランス前で降ろすと、車は去っていった。すると急に、難しい数学の宿題を解かなければいけない学生時代のような複雑な気持ちになった。依頼人が住む棟を見上げた。実力を発揮しなければならない場面なのに意気消沈していた。

エレベーターが七階で停まった。私は呼吸を整えながら709号室まで歩いた。いざ709号室の前に立つと気軽にインターホンを押せず、しばらくためらっていた。「これは私の飯の種だ」という言葉を何度もくり返す。重い指先をふたたび上げて両目をぎゅっと閉じ、ぐいっとボタンを押した。その指は震えていた。少しす

ると インターホンから太くしわがれた声が聞こえた。依頼人の夫の声に間違いなかった。

「あの……〈トロナお別れ事務所〉から参りました」

「宅配便かな?」

私を郵便配達人だと思ったようだ。

「いえ、〈トロナお別れ事務所〉です」

私はもう一度ドアを開けてもらえるよう催促した。

「妻は留守でね。教会の方なら帰ってくれ。信仰してる宗教ならある」

今度は教会の勧誘扱いだ。これはだめだと思った私は咳払いすると、声のボリュームを上げた。

「そうではなく、奥さまからのご依頼でうかがいました」

「何を言ってるんだか、さっぱりわからないな」

苛立ちを感じさせる声でぶつぶつと呟きながら、インターホンを切る音が聞こえた。そこからドアが開くまでのたった五秒が一時間にも感じられた。ガチャリという音とともに、紫色のジャージを着た五十代後半の男性が顔を突き出した。白髪頭の彼は眉間に思い切りしわを寄せながら声を上げた。

「何の用だ？」

とにかくぶっきらぼうな声だった。心臓がバクバクいっていたけれど、喉にぐっと力を込めて注意深く用件を切り出した。

「奥さまからのご依頼でうかがいました。奥さまはこの先、チョン・ヨンべさんと夫婦関係を持続するのは不可能だと仰っています。離婚の理由ですが、二十五年を共にしてきた苦労が三千万ウォンの価値もないという事実にショックを受けたとのことです。悩んだ末に老後を一緒に過ごすことができないという結論に達したため、離婚してほしいとおっしゃっています。それから、普段からチョン・ヨンべさんが私生活に干渉しすぎるため、対人関係に多大なる支障が生じている点も離婚を要求する理由のひとつです。今後、離婚についてのお話は、奥さまではなく当事務所にお伝えください。離婚が完了するまでのあいだ、奥さまは某所で静かにお待ちになるとのことです。それから、こちらは離婚にかんする書類になります」

私はようやく別れの通知書を読み上げると、封筒を手渡した。彼は離婚届の入った封筒を受け取るや、廊下に投げ捨てながら怒鳴った。

「なんだ、お前は？　俺をからかってるのか！」

今にも殴りかかってきそうな表情だった。でも、ここでやめるわけにはいかない。今度は用意してきた名刺を鞄から取り出した。

「私の名刺です。気持ちの整理がつきましたら、いつでもご連絡ください」

名刺を渡す手がぶるぶる震えていた。彼は名刺を見もせずに太い指でくしゃくしゃにしてしまった。

「正気か？　おまえ、いったい何者だ？　妻は実家に行ってるんだ！　わかったか？　冗談にも程があるぞ。ケツの青いガキがなんの悪戯だ！」

ドスの利いた声が廊下中に響き渡った。

「私は奥さまの要求をそのままお伝えしただけです。ですから興奮なさらずに、今後の話し合いは私としていただきます。それでは失礼いたします」

「そんな必要あるか！　女房との離婚問題を、なんでおまえと議論しなきゃならないんだ！　いくら詐欺が横行する世の中だからって、人様の家庭の事情につけこむ気か？　とっとと失せろ！」

男性の怒りはマンション全体を揺るがすような勢いだった。私は挨拶をすると、振り返らずにひたすらエレベーター目指して歩いた。たった数秒の距離なのに果てしなく長く感じられる。エレベーターに向かっているあいだも彼の怒りは収まらなかったのだろう。険悪な顔をわざわざ見なくても、怒りのデシベルは十分に伝わってきた。本当にラッキーだったのは、エレベーターがさっき降りたときのまま七階で停まっていたことだった。

一階に下りているときも、あの男性が階段を使って追いかけてくる気がして、心臓のバクバクが止まらなかった。人生は地雷畑の連続だと言うけれど、まさにそんな感じだった。マンションを出ると脚の力が抜けて地面にへたりこんでしまった。代わりに怒りを浴びるこの仕事も感情労働なのだと気がついた。人を別れさせるためには、こうした侮辱を受けるのも当然だと受け入れなければならないのがやるせなくて、涙が出そうになった。でも泣けなかった。この仕事は誰に強制されたわけでもなく、自分で選んだのだから。

事務所に戻ると社長は依頼人と電話中だった。しばらくして電話を終えた社長が近づいてきた。

「どうだった？」

社長がさっきの件について訊いてきた。

「完全に詐欺師扱いされました」

「いきなり知らない人から離婚を突きつけられたんだから、そうなるのも無理はないだろう。すべて想定内だ。それくらいのことで、もう弱気になってるのか。下品で乱暴な客はいくらでもいる。こんなことで大変だと言ってたら、一生食っていけないぞ。まずは依頼人に電話で報告するんだ」

社長はふてくされた私なんかに興味はないとばかりに言った。私も大変な思いをして退役軍人に会ったのだから、依頼人にこの事実を早く伝えなくてはと思った。

電話をかけると、待っていたと言わんばかりに歓迎された。

「夫はなんと言っていましたか？」

「私の話を信じていただけませんでした」

離婚のことを告げたときの反応をひとつ残らず説明した。彼女は予想していたらしく、淡々としていた。そして改めて離婚の意思に変わりはないと言い、できるだけ早く進めてほしいと電話を切った。冷静沈着な依頼人と、その夫はあまりに対照的だった。電話を切ると氷の上に立っているような寒々しい気持ちに襲われた。事は簡単に片付かなそうだ。そんな私の姿を見ていた社長はにやにや笑いながら、こう言い放った。

「この程度のことで、もうびくびくしてるのか？」

「社長はあの場の雰囲気を見てないから、そんなこと言えるんです。本当に殴られかねない勢いでしたよ」

「カウルさんに何かあったら、俺がただでは置かないさ。だから気を引き締めて。どんな仕事にも嫌な客は付き物だ！　俺たちは離婚が成立できるように、最後まで粘り強く食い下がるだけだ」

「夫が自分の妻についてあそこまで知らないってありえます？　途中からちょっと気の毒になるくらいでしたよ。あんまり長いあいだ離れて暮らすと、夫婦とはいえ赤の他人みたいに本心がわからなくなるんですかね」

「そんなの俺たちにわかりっこないだろう。こっちは書類を受け取って、綺麗さっぱり離婚させればそれで終わり。あれこれ気を遣う必要はない。自分の問題だけでも頭が痛いのに、他人の問題にまで頭を悩ませる必要あるか？」

社長は徹頭徹尾、別れは金でビジネスだという概念で徹底武装している人間だった。

土曜日は午前中からカフェ〈晴煙《チョンヨン》〉に向かった。二階の個室にチリ産ワインを準備し、ケーキとカマンベールチーズを皿に盛る。それから、あらかじめ手配しておいた紫のバラをテーブルの上にセッティングした。別れの花にしてはロマンティックな雰囲気だった。最後に、先日買っておいた『別れに対する礼儀』を置いた。プロポーズされるわけでもないのに、妙にどきどきしていた。カン・ミフに失恋を再スタートだと思ってもらえるようにする必要があった。

正午になるとカン・ミフが四人の友人を伴って晴煙に現れた。

「わあ！　素敵。こういうパーティははじめて」

明るさの戻ったカン・ミフは予想外の反応を見せた。一週間ぶりに顔を見たが、こけた頬にもふくよかさが戻ってきていて安心した。

「私の友だちを紹介するわ」

彼女は私に友人をひとりずつ紹介していった。

「お別れマネージャーのイ・カウルと申します」

「お別れマネージャー？　へえ、そんな職業が存在するなんて知らなかった」

「まあ、たまたま……」

私は照れくさそうに笑いながら、首をかしげる彼女たちに席を勧め、カン・ミフの友人たちも顧客にしようという腹積もりから名刺を配った。

「話は聞きました。ミフに別れを告げた張本人なんですって？」

「はい。ミフさんには申し訳なかったのですが、悪役を引き受けました」

静かだった個室が活気づいた。私はワインを開けた。ポンという音とともにコルクが抜けた。最初にミフのグラスにワインを注ぎ、彼女の友人たちにもグラスを回した。最後にミフが私のグラスにワインを注いでくれた。花束とカードを渡すと、ミフはカードに書かれた内容を声に出して読み上げた。

「私、カン・ミフはファン・ソグォンとの別れを宣言する。私は失恋を克服できる。別れは新たな出会いの始まりだ！」

「別れは新たな出会いの始まりだ！　ミフさんがシングルになったことを祝って、乾杯！」

私は彼女の宣言を受けて音頭を取った。

「さらば、愛よ！」

「恋愛に溺れるのは、いい加減やめよう！」

「男はみんな死んだ！」

それぞれがカン・ミフの別れを祝う言葉や、慰めの言葉をかけながら乾杯をした。

「カウルさん、ありがとう。素敵なパーティを開いてくれて」

彼女は心から感動しているようだった。失恋パーティの費用を誰が出したかについては、あえて言及しなかった。ファン医師に費用を請求して失恋パーティを準備したと知ったら、彼女が今度はどんな反応を見せるかわからなかったからだ。稚拙な行動だったかもしれないが、今はできるだけ保守的なアプローチが必要だった。

そのときショートヘアの友人が雰囲気に酔ったのか語りはじめた。

「男と別れて良かったと思うのは、脱毛をしなくてもすむこと。ミフ！　もう思いっ切りボーボーになるまでほったらかしておきな。男のためにすべすべのお肌になるのが、ちょっと面倒くさいときってあるじゃない。特に日々の腋毛のお手入れでクリニックにまで通うのは無駄だよ」

カン・ミフの隣に座っているロングヘアの友人が付け加えた。

「しばらくは好きなだけ食べなって！　ダイエットなんか忘れてさ。毎日体重計に乗るのも、もうやめな。ミフはシングルを心の底から楽しむ権利があるんだから」

するとと私の隣で足を伸ばして座っていた友人が大声で言った。

「これからはひとりじゃなくて、相手が三人必要なセックスを思いきり楽しむのもありだと思う」

私たちは目の前に男たちがいるかのように、思う存分げらげらとあざ笑った。カン・ミフも久しぶりに微笑みを浮かべていた。

「みんなの言うとおり。歴史上の女性はみんなシングルだった。エミリー・ディキンソンも、大西洋を横断したアメリア・イアハート、それにワンダーウーマンも。この先もずっとシングルでいるとは言い切れないけど、あんなアメーバ以下の男のために泣いてなんていられない」

カン・ミフは堂々と、そしてしっかりした表情になった。

「シングルは休暇みたいなもんじゃないですかね？」

「じゃあ。ミフはまた休暇中になったってわけだ」

全員が自由なシングルライフを満喫しているように見えた。

「彼氏と別れてからの処理作業も大変だよ。携帯の番号を削除しないといけないし、コミュニケーションアプリも退会しないとだし。一緒に撮った写真も消さなきゃなんないし、ＳＮＳのニュースフィードの写真の跡とかも……。時々さ、ＳＮＳに元彼いるかなって気にもなったり。しばらくは面倒なことが多いかもね」

ショートヘアの友人はまるで達人さながらに、別れの後遺症を愚痴っぽくぶちまけた。

「これからは男を人脈程度に思って活用したら？　男をたくさん知っておくのも悪くないと思う」

「未だにさ、男に生まれたこと自体が有利なスペックだなってときあるじゃない。彼らの情報力とネットワークは使えるよ」

ショートヘアの友人が自分の男の人脈を自慢した。

「ところでカウルさん、この前会ったときに新しい恋愛法を教えてくれるって言ってたでしょう」

前回の会話を思い出したらしくカン・ミフが言った。

「あれはロス症候群に対応する方法です」

全員が目を見開いて近づいてきた。

「何かと言うと……ときめきと興奮だけを消費する方法です。たとえば、宇宙人との恋愛なんてどこにも存在しませんよね。あんな恋愛はフィクションでしかないと、もうわかったわけですから……」

私は少し間を置いた。

「何、気になる、早く続けて」

「インターンシップ恋愛ってどうですか？」

「インターンシップ恋愛？」

「たいしたことではなくて、傷をできるだけ小さくするんです。この慌ただしい競争社会で、必要条件を満たした、ちゃんとした恋愛なんてする暇あるんですか。心が惹かれる男性とは友情を、体が惹かれる男性とは軽いセックスを楽しんで、心が動く相手だなと思ったら関係を続け、気持ちが冷めたなと思ったら別れる。恋愛も正規雇用じゃなくて、非正規雇用、なんて言うかインターンのような恋愛だけを楽しめば、深刻になる必要もないじゃないですか。深刻じゃなければ、別れるときだってクールにバイバイ！　です」

「わあ、それ良いアイデア。普通はひとりの相手とだけすべてを共有しようとするから傷つくんじゃない。女性もインスタントな恋愛に慣れる必要があるよね」

メイクの濃い友人が私たちに言った。

「ミフさんも今回の休暇が終わったら、一度試してみてください」

カン・ミフの傷を慰めようと思っての言葉だった。

「カウルさんは、そういう恋愛の経験あるの？」

メイクの濃い友人が奇妙な笑みをたたえながら訊いてきた。

「ええっと、それは……秘密です」

困惑した私は思わず話題を変えてしまった。

いよいよ最後のイベントになった。前もって準備しておいた紙と黒いペンを全員に渡した。

「これは？」

「最後のお別れの儀式です。怒りや傷心、憂うつな気持ちを飛ばしてしまうんです。この紙に、ファン・ソグォンに対して言いたいことをすべて書いてください。悪態でも、ずっと言えなかったことでもいいので、とにかく全部」

「何かのいたずらみたいだけど？」

「そのとおりです。いたずら。恋愛もいたずらと同じような遊びじゃないですか」

カン・ミフと友人たちは私の言葉を聞いても気軽にペンを取ろうとはしなかった。

カン・ミフはしばらくためらっていたが、最終的にペンを手にした。しばらく考えに耽《ふけ》っていたようだったが、すぐにペンを走らせた。友人たちも続いてペンを取ると書きはじめた。

書き終えた文章を大声で順々に読んだ。まるでファン医師が目の前にいるかのように、感情の残りかすをぶちまけた。

「おまえみたいなヤツは犬も嚙《か》まないよーだ！」

「あんたもこれで終わり。あんたが失ったのは、一番大きなダイヤモンドだったんだから」

「おまえは私が愛したものの中で最悪だった」

「ゴミ野郎！」

「叶わない恋愛に命を賭けるのはやめよう！」

なかでもカン・ミフが書いた文章は目を引いた。

「私を失ったことを後悔しても、もう手遅れ。大切な人なんだって気づいたとしても、もう取り返しがつかない。あんたの未来は真っ暗な地獄、死ぬまで汚点が残るんだから」

彼女の文字に、まだ未練が残っているのがわかった。

「書き終わりましたら、その紙で紙飛行機を作りましょう」

「紙飛行機？」

訝《いぶか》しがりながらも、小学生のように一生懸命に、全員が紙飛行機を折った。

「これをどうするの？」

「外に出て、遠くまで飛ばすんです」

「本当に、これをみんな飛ばすの？」

彼女たちは不思議そうに尋ねた。

「じゃあ、ファン・ソグォンを捕まえて飛ばしますか？」

私の言葉に全員がげらげら笑った。個室を出ると屋上に上がった。

屋上からは路上に軒を連ねるカフェやブリックタイルで施工した建物が見えた。

カン・ミフにさっき作った紙飛行機を手渡す。

「力いっぱい飛ばしてください。未練は捨てましょう」

彼女は手の中の飛行機をひとつずつ空に飛ばした。白い紙飛行機はゆっくりと飛行して地面にひとつ、またひとつと落下した。彼女の思い出と愛が地面へと落ちていく。通行人が空を見上げ、紙飛行機を拾って中に書かれた文章を読んだ。カン・ミフの恋愛飛行はようやく終わりを迎えたわけだ。

「元通《トロナ》りの私、お帰りなさい。おめでとうございます」

私はにこりと笑って彼女に言った。

散会して個室を片付け、飛ばした紙飛行機を回収しようと外に出た。道端に散らばった紙飛行機を拾いながら、今日のこの会が彼女の心を回復する力になってくれたらどんなにいいかと思った。


午前中から顧客との打ち合わせがあったので少し早く出勤した。ビルの廊下の入り口まで来ると、ジュウンとユミが事務所の周りをうろうろしていた。

「大変です！　あの……あの人が来てます。依頼人の旦那さん！」

「えっ？　あの退役軍人の？」

「そうです。あの人」

「おまえら、いったい何者だ！」

そのとき男の太い声が廊下の外まで漏れ聞こえてきた。あの声は依頼人の夫の退役軍人に間違いない。おそるおそる事務所のドアを開けて中に入ると、社長がテーブルの前で困った顔をしていた。一瞬目が合うと、社長は左の目を瞬かせた。退役軍人は私の顔を見るや、大声をあげた。

「そうか、おまえが秋《カウル》だか、冬《キョウル》だかって名前の女だったな。家に来て戯言《ざれごと》をほざいた小娘が。ガキの分際で何がわかるんだ、偉そうに！　ここは他人の家庭を壊そうって腹積もりの一味が集まる巣窟か」

そう言って私を見つけると、取って食いそうな勢いで睨《にら》みつけた。

「あの、怒るなら私の話を聞いてからにしてください」

私は相手の怒りを鎮めようと努めた。

「女房が連絡を絶って行方をくらましたんだぞ！　おまえらがグルだってことはわかっているんだ、正直に白状しろ！　言わないなら全員を詐欺集団だと告発してやるからな」

「興奮なさらずに、ちょっと私の話を聞いてください」

社長がなだめようとしたが、手のつけようがなかった。退役軍人の顔は怒りで真っ赤だった。手当たり次第に破壊してやるというように、こちらを睨んでいる。社長が彼の手を摑み、無理やりソファに座らせた。

「今の状況が信じられないかもしれませんが、私の話を聞いていただけませんか。こういうときほど冷静さを取り戻す必要があると思います。そして現実をしっかり見つめるべきです。依頼人の立場もあるわけですから」

「何をぎゃあぎゃあ騒いでいる？　俺は二十年以上も家族のために海外を飛び回ってきたんだぞ。三年ごとに勤務地が変わる生活で、毎日家族が恋しかった。やっと海外勤務を終えて家に戻れる、ようやく女房が作ってくれる飯を食えると思っていたのに、その俺に対して言う台詞《せりふ》が離婚？　ありえないだろう。刃物を持った強盗だって、そんな残酷な仕打ちをしないぞ！」

彼の声までわなわな震えてきた。

「お察しします。私が聞いても、その仕打ちはいささかひどいと思います。お気持ちは完全に理解できます。ですからわれわれがいるんじゃないですか。腹が立って、怒りで胸が張り裂けそうになったら、いつでもわれわれに吐き出してください。八つ当たりや罵倒、依頼人の代わりにいくらでも聞いてさしあげます。もし、奥さまとこうした喧嘩《けんか》をするとなると、互いの悪いところがすべてあらわになって、敵として別れることになります。道ばたに落ちている糞は怖いから避けるんですか？　汚いから避けるんでしょう」

社長の話は退役軍人を慰めているように聞こえたけれど、本音は離婚届に判を押させようという魂胆だった。

「これは個人的な秘密なのですが、私もじつは離婚経験があるんです。最初のうちは頭がおかしくなりそうでした。殺したいほど妻が恨めしかったです。でも一年くらい経つと、生活が楽だと感じるようになりました。怠けようが、外泊しようが、酒を飲もうが、小言を言う人はいません。しかも経済的な負担も半分になります。自分の金を自分で使うんですから、誰も何も言いません。しかも最近は自炊の心配もない。スーパーに行けば全国各地のメニューがなんでも揃ってます。ひと言でいえばシングル天国です。私は残りの人生、ずっとひとりで生きていくつもりです。

ですから、むしろチャンスだと思われては」

自身の恥部まで晒《さら》しながら説得しようとする社長の姿は涙ぐましかった。だが相手は皮肉な反応を見せた。

「それは今の俺に言うことじゃないだろう！　全世界が俺に背を向けたとしても、女房だけは断じて許さない！　わかるか？　誰のためにホームシックまで我慢しながら海外勤務をしてきたと思っているんだ！　やっと家に帰れたのに離婚だなんて！　何があっても絶対に離婚には同意しない。こっちは訴訟も辞さない覚悟だからな、勝手にしろ！」

彼は社長の息の根を止めてやるとでもいうように怒鳴りつけると、さっさと事務所を出ていってしまった。

私たちはしばらく魂が抜けたように立ち尽くしていた。訴訟も辞さないという言葉に、社長は見るに堪えない表情を浮かべていた。しかも退役軍人が有責配偶者ではないことは全員が知っていた。彼が最後に見せた目つきは、ここまで非常識な連中ははじめてだと言っているようだった。社長の趣向はひとつとして通用しなかった。軌道を離脱した衛星のように、急に社長が危うく見えはじめた。

「この案件から手を引かせてください」

依頼人の離婚問題について悩んでいた私は、午後になって社長に正直な気持ちを打ち明けた。

「好みで仕事を選べる立場か？」

社長は気に入らないという口調で呟いた。

「見たでしょう？　取って食いそうな勢いで私に飛びかかってくるのを。詐欺師扱いされてるのに、どうやって進めろというんですか」

「じゃあ、そんな簡単にこの仕事が解決すると最初から思っていたのか？　支払いは全額されているんだから、がんがん攻めて離婚届を受け取らないと」

「あいだに入ってる人間ががんがん攻めたからって、離婚できるんですか？」

「最近の人間は、なんでそう軟弱なのかね。こういう仕事をやらせるために給料を払っているんだぞ。わかってるのか？」

社長は機嫌の悪さを態度で示したが、新米に任せられる仕事ではないということは自分でもなんとなく感じているようだった。

「しばらくは俺が接触してみるから、進行中のほかの案件をさっさと処理するように」

社長に仕事を引き継いだら、少し気が楽になった。心理学を専攻してわかったのは、家族というのは愛と傷を同時に与える存在で、諸刃《もろは》の剣のように二つの顔を持っているという事実だ。この事実は私にとっても避けて通れない問題だった。だから、自分には抱え切れない案件だと思ってしまったのかもしれない。

11

「コーヒータイム！」

ジュウンがテイクアウトしてきたコーヒーを私たちに配った。

「なんでおごってくれるの？　何かあるんでしょう？」

「私……実は、結婚するんです」

ジュウンが慎重に切り出した。

「ええっ！　本当に？　何か裏切られたような気分。コーヒー程度じゃ済まないいんじゃないの。ずいぶん早く結婚するんだね？　まだ二十六歳じゃない」

「彼が結構年上なんです。それに結婚する気があるなら、早いほうがいいと私は思います」

ジュウンはにこにこ笑いながら言った。

「私たちの若さはどこに行っちゃったんだろう。就活で使い果たして、甘い恋愛のひとつも経験できないまま、すっかり老けこんじゃうなんて。正規雇用を勝ち取るまで青春のキャンディはお預けだね」

ユミが絶望的な声で言った。

「〈トロナお別れ事務所〉に既婚者の第一号が誕生するってわけか」

コーヒーを手にしたユミが今度は大袈裟に冷やかした。

「先輩たちを差し置いて、先に行くのは申し訳ないです」

ジュウンは喜びを抑え切れないといった笑みを浮かべた。

「申し訳ないと思う必要はないけど、ジュウン、自分が時代の流れに逆行してるのはわかってるよね?」

私はからかうようにひと言お見舞いした。

「ええっ?」

ジュウンはミルク色の白肌が美しい顔を、恥ずかしそうにこちらに向けた。

「独身女性に言っちゃいけない禁止ワードは結婚、恋人、子ども、だよ。ひょっとして……」

私はからかい続けた。

「いえいえ、妊娠はしてません」

ほんのりと頰を赤く染めたジュウンの視線が、ユミに救援要請を送っていた。

「素直には祝えないけど、よかったね。ほんとに」

ジュウンの表情を見ていたユミが雰囲気を盛りあげた。

「おめでとう。この不確かな時代に結婚を決めたこと自体が尊敬に値する」

ジュウンはユミに祝福されると、ようやく明るい笑顔を見せた。彼女はかなりの現実主義者だった。小さな会社を渡り歩きながら、不満を持つこともなく雑用をこなしてきた。大学に対する幻想や、職場に対する期待もなかった。自分で選んだ人生を誰かのそれと比較して、わざわざ劣等感を作り出すようなこともなかった。

「結婚するの、不安じゃない？」

「不安は少しあります。自分の選択が正しいのかって疑問もあります。でも小川だって足を浸してみないことには深さがわからないでしょう。結婚しても後悔、しなくても後悔っていうし、やってみて気に入らなかったら別れればいいかと」

「うん、さすが。その肝っ玉はほんとにうらやましい。私はどうして、そういう度胸をジュウンくらいの年齢のときに持てなかったんだろう」

ユミはジュウンの明快な態度に惚《ほ》れたという表情を見せた。話を聞いていると、ジュウンは年齢以上に大人だったし、洞察力があった。

「お二人にもいい出会いがありますように。人生って死ぬまでひとりで生きるには長すぎますし、退屈ですから」

「そうね、男に対する幻想がないのが問題だ」

ユミが書類を整理しながら答えた。

「それは運命の人に会えてないからだよ」

「私、自信がないの。結婚市場での私は商品価値がないもん。条件も外見も、何ひとつ武器になるものがないじゃない。だからって、つまらない男じゃ満足できないし。クラブとかで目が合った経験もないし、探りを入れて、調査して、やきもきして、そういうのも面倒くさい。だからやらないの」

「みんながみんな中古車を嫌がってベンツばっかり乗ろうとするから問題なんだよ。その場の感情で決めたお付き合いが、いい結果を生むこともあるし。理想をちょっと下げて、控えめな気持ちで付き合ってみるのも悪くないのに。それこそ自信がないってことでしょ。結婚前は両目を大きく開いて見よ、結婚してからは片目を閉じよってね」

私は結婚について知ったかぶりをした。

「相手について最後まで細かく検証するのを忘れないように。マザコンじゃないか、隠してる借金はないか。学歴は良くても暴力癖があって、酒を飲むたびに妻をボコボコにするんじゃないか、とか」

「この前、先輩が離婚したんだけど、その理由がオカルト映画並みだったの。チョンセ〔賃貸契約時に月々の家賃の代わりに預ける高額の保証金のこと。大家はその利子で収入を得る〕を貯めるまでのあいだ、夫の実家で暮らすことにしたものの、毎日明け方になるとね、いきなり二人の寝てる部屋に義理の母親が寝ぼけて入ってくるせいで結婚生活が終わったんだって。母親に対して負い目がある男は特に気をつけないと。ほとんどの問題は家庭内で起こるんだから」

ユミの表情は思った以上に真剣だった。

「そんなことといちいちチェックしてたら、誰も結婚できませんよ。完璧な人間なんていないんですから。もしそんなことが起こったら、〈トロナお別れ事務所〉に依頼しますよ」

ジュウンのその答えが会話に終止符を打った。

「女房と終わったのは俺のせいだって言うのか！」

出勤するなり社長が大声で言った。

「社長、何事ですか？」

「あの退役軍人、本当に粘るな。四度も訪問したのに、未だに聞く耳を持たない。噛んでも噛み切れない牛すじみたいなやつだよ。絶対に離婚届に判は押さないって言い張るせいで、私の頭がおかしくなりそうだ。女房が慰謝料をくれるって言ってるのに別れたくないんだと。なんてこった」

「依頼人が催促してくるだろうに、困りましたね」

「まったくだ。裁判するんだって喧嘩を売ってくるばかりで、頑として譲らない。やっぱりあの旦那から離婚届に判をもらうのは、最初から間違いだったのかもな。何か対策があれば提案してよ」

「そこまでひどいんですか？」

「旦那にしてみたら悔しい気持ちもあるだろう。俺が彼の立場だとしても耐えられないよ。海外勤務で苦労して、髪も白くなってやっと退役、これからは妻に支えてもらってゆっくりしようという矢先、その夢が木っ端みじんになったんだからな。もう二度と来るなって言われたよ。女房に裁判所で会おうって伝えろってさ」

「そうなんですか？　じゃあ判決が下らないと、この問題は終わらなそうですね」

「まあ、確かに自分勝手な依頼人ではあるよな」

「ずっと草原で自由に飛び回って遊んでいたのに、いきなり檻《おり》の中に閉じこめようとするから息苦しかったんだよ。しかも家庭を守ってきた自分の価値が三千万ウォンにもならないなんて、この際だから損切りしようってことじゃない」

ユミが爪をいじりながら言った。

「私の年齢では熟年離婚のことまではわかりませんが、依頼人も夫に対して積もり積もった感情はあったみたいですからね」

「ああ、カウルさんもよく覚えとけ。こういうのって他人事だと思うだろう？　でもな、誰にでも起こりうるんだ」

社長は意味深長な表情を見せながら言った。

「私、まだ三十歳ですよ。揺れながら咲く花に石を投げるような発言はやめてください」

私はにこにこ笑いながら冗談めかして言った。

「あっという間に四十歳、五十歳になるぞ。三十過ぎると光速で歳をとるって言うからな。ははは」

社長は歳をとることを私が恐れていると思っているようだった。それは間違いだ。むしろ四十代、五十代の自分に憧れていた。何ひとつ思いどおりにならない現在より、四十歳や五十歳といった年齢に順応している状態、つまり今の不安が消えてなくなる未来を求めていた。

外での打ち合わせを終えて事務所に戻り、会社のメールをチェックした。五件の相談が来ていた。イ・ハヨンという女性のメールが目を引いた。地方からソウルに上京後、学生生活が十年目になる大学生だと書かれていた。学生生活が十年目という文章に心が騒いだ。彼女は卒業後の就活が不安で学生を続けているとのことだった。就職できないかもしれないという不安が、大学という囲いの中に自分を閉じこめている。自分が纏《まと》っている学生という立場を引き剝がさなければいけないのだが、可能だろうかと問う内容だった。隣席のユミに相談内容を話してみた。

「その気持ち、私はわかるな。学生っていう身分があるとすべてが許されるじゃない。しかも田舎から出てきたなら、どんなに孤独でつらかったか。暗い部屋の中でひとりキーボードを叩いてるときの心情、家族に就職したって報告しなきゃいけないのに自信がなくて。就活で求められるスキルや資格が怪物みたいにじわじわと絞めつけてくるから、卒業したくなくなっちゃうんだよね」

就活生だったころの自分を思い出した。書類審査だけで百回以上は落ち、なんとか面接までこぎつけたときはどんなに緊張したか。面接会場に入っただけで足がわなわな震えるから、内科で処方してもらった鎮静剤を飲んでから向かったし、耳に入る噂にさらに苦しめられた。もっとも大切な武器は社内の人脈だと知ってしまったときの挫折感。当時の記憶がよみがえると、ほろ苦い気分になった。

そのときジュウンが、お昼ご飯の準備ができたから早くテーブルに着いてください、と声をかけてきた。ジュウンの声はいつも生き生きしていて力強かった。そんな彼女が一方ではうらやましかった。私とユミは砂漠の砂を死に物狂いで掘り返しているようだった。いくら掘っても水は出てこない。砂漠は蜃気楼《しんきろう》を見せるだけだし、私たちはその蜃気楼に騙《だま》されて疲弊するだけの人間に思えた。

「カン・ミフが死んだ！」

「ほ……本当ですか？　まさか！　そんなはずが」

朝っぱらから事務所に現れたファン・ソグォンがカン・ミフの死を告げた。怒りに満ちた彼の顔は破裂直前まで熟れた柿のようだった。顔を知っている人の死を知らされるのは悲惨だった。錐《きり》で心臓を突かれたようにぽっかり穴が開いた気分だ。一瞬で体が硬直して震えた。いま聞いた言葉が信じられず、しばらく口を開けずにいると、ファン医師がふたたび怒鳴った。

「僕が嘘を言っているとでも？　僕は彼女の死と何の関係もないのに、なんで警察に目をつけられなきゃならないんだ。マジで頭がおかしくなりそうだよ。あんたが彼女にどんな真似をしたのか、僕は知らないからな！　カン・ミフの死と僕は無関係だ。この一件と深い関係があるのはあんたたちだろう、責任とれよ！」

ファン医師は喉仏が突き出そうなほど休む間もなく怒りをぶつけた。

「つ……つまり、カン・ミフさんは自殺したってことですか？」

私は震える声で訊いた。

「失恋パーティまで開いてやったんじゃないのか？　その結果がこれってどういうことなんだよ！」

彼は私を睨みつけながら恨みのこもった声をあげた。やれることはすべてやったとしか言いようがなかった。

「何をどうやったら自殺なんかするんだよ！　心の傷も綺麗さっぱり処理するんじゃなかったのかよ！　病院にまで警察が来て、事実捜査だって大騒ぎだ。こんなことが明らかになったら、病院から懲戒処分されるんだぞ。僕の身上にどんな些細《ささい》な問題でも起きたりしたら、あんたたちにすべて賠償してもらうからな」

ファン医師が浴びせる抗議の声に血の気が引き、体が凍りついたように固まってしまった。信じられない事実に窒息しそうだった。彼も不安そうな眼差しが揺れているのは同じだった。カン・ミフの死を到底受け入れられそうになかった。ひとまずユミがファン医師の怒りを何とか鎮めて帰らせた。ファン医師が去った後も私は言葉を失い呆然と座っていた。

「大丈夫ですか？」

ジュウンが気の毒そうに何度も訊いた。目の前に見えるものが常に正しい答えとは限らなかった。頭の中は停電が起こったように、ふたたび真っ暗になった。どこで間違えてしまったのか、どうしても答えが見つからなかった。一方的に告げた別れが招いた災難だった。自殺の衝動に駆られることがあったとしても、ほとんどの人は心に秘めておくだけで実行には移さない。でも、カン・ミフは首筋がひやりとするその行動をためらわなかったのだ。

午前中はずっと目眩《めまい》とむかつきが交互に襲ってきた。吐きそうでランチもパスした。社長に連絡するかためらい、無駄な時間を過ごしてしまった。

昼休みが終わり、一時くらいに社長が事務所にやってきた。

「変わったことはなかったか？」

「あの……カン・ミフが亡くなったそうです」

私は消え入りそうな声で言った。社長は少し驚いたように眉をしかめた。

「カン・ミフ？」

「はい」

「カン・ミフがなんで？」

「別れを受け入れられなかったのが理由なのかもしれません」

「失恋パーティから連絡とってなかったのか？」

「私は……うまくいったと思ってたんです。あの日、別れることを彼女もちゃんと納得してましたし」

「人間の心は一日に十二回も変わるんだから、特に問題はないか確認するべきだったんじゃないのか。その程度の後始末もできずに、事をややこしくさせるなんて」

社長はかなり苛立っているようすで呟いた。

「別れさせてやったらそれで終わりだろう、なんでわれわれに死の責任までとらせようとするんだよ！　われわれは興信所じゃないんだし、二十四時間ずっと張り付いて監視しなきゃならない理由もない。別れが成立したら、それで業務完了なんだよ。この件でクレームが来たら約款を見せてやれ。紹介した相手の後始末までしてるカップルマネージャーなんて見たことないだろう？」

社長は怒りを隠そうともせずにまくしたてた。結婚相談所が責任をとれる限界について指摘しながら、カン・ミフの死は会社と無関係だと言った。

「ちくしょう、生命線が何本もあるとでも思ってるのか？　こんなことで死ぬか？

それなら俺なんて今まで何十回死んでるか。最近の女は清く正しく育ちすぎるのが問題なんだ。世の中の苦汁を味わったことがないんだろ」

「どうしてそこで女は、っていう話になるんですか！」

社長が口ぐせのように付け足した女は、という言葉に思わず頭に血がのぼった。

「つらくても死だけは選ぶな。耐え抜いた者が勝つんだよ。たかが男のために死ぬなんて！　とにかく俺たちは法的に何の問題もない」

社長はかなり興奮していて、机の上の煙草を取るとふたたび外に出ていった。社長がいなくなってからも私たちはパニック状態だった。人の気持ちはつねに変わるという事実を見逃していた。人の心は不意にやってくる侵入者のように、いつどうなるか予想がつかない。私は忠実に仕事をしただけだった。カン・ミフに対してできる限りのことをしたと信じこんでいた。でも、時間の経過とともに変化する心にまで責任を持てというのは、あんまりではないだろうか。私は神でも読心術の持ち主でもない。どうすればよかったのだろう。

夜が更けても家に帰る気になれず、通りをふらふらさまよった。街灯を見上げるのもつらかった。時間が経つほど苦しい弁明に思えてきた。カン・ミフが死んだのは自分のせいだという思いで混乱した。彼女のほっそりした顔が浮かんだ。愛には頭のてっぺんから足の爪先まで人を変えてしまう力があるという。恋愛は人生という舞台の主役に愛する相手を据える行為、そして自分の人生を生きるパワーだ。それらが失くなってしまったから、カン・ミフは生きる意志を放棄してしまったのだろうか。

翌日、警察が事務所に乗りこんできた。相談業務の日誌を押収し、社長と私は参考人として警察署に出頭した。取調室で八時間にわたって事件についての事情聴取を受けた。警察が追及しているのは、カン・ミフに強圧的に別れを働きかけたのかどうかだった。その部分は事実どおりに陳述した。でも、時間が経つにつれて自分が本物の罪人になったようで気が揉めて、口の中がからからに乾いた。

夜の八時を過ぎて、ようやく警察署を出ることができた。なりふり構わずタクシーを捕まえ、乗りこんだ瞬間に振り返った。誰かに追われているような心境だった。カン・ミフが自殺するなんて想像もしなかったのと同じように、また何かが起こるのではと不安で仕方なかった。

家に着くと、ほぼ気絶状態でベッドに倒れこんだ。眠っているあいだ、何種類もの夢を見た。家が燃えあがる夢や、水の中でもがいている夢。寝ては起きてをくり返し、明け方にはそびえ立つ渓谷と深い湖の前に立っている自分の姿を見た。私の体は真っ赤な夕焼けに飲み込まれようとしていた。一歩踏み出せば、その瞬間に生死が決まる、そんな夢だった。迫り来る真っ赤な夕焼けから逃れるため、峡谷を抜け出そうとあがいているところで目が覚めた。

目を開くと鋭利な刃物であちこち刺されたように全身がずきずきした。そのまま二日間にわたって寝込んでしまった。過労のせいで出勤もできなかった。

一週間が経っても相変わらず警察の聴取は続き、そのせいで心身ともに疲れ切っていた。社長も警察署に呼び出されてから意欲を失ってしまったのか、気が抜けたようだった。警察は最終的にカン・ミフの死を他殺ではなく自殺だと結論づけた。遺書も残さずにトイレで首を吊った原因は仮面うつ病だった。

カン・ミフが深刻な状態だったのは、部屋を訪ねた日にそれとなく見当がついていた。でも、彼女の状態は私にとって重要ではなかった。ただファン医師からの依頼を完了させて成果をあげたいという思いしかなかった。何よりも人の感情や内面のことをすっかり忘れていた。私は彼女に別れを強制し、気持ちを整理する時間すら与えず窮地に追いこんだ。

カン・ミフの死によってお別れマネージャーの仕事に不安を感じるようになった。彼女の自殺によって被害を受けたのは事務所も同じだった。社長もこの件による疲労のせいか、ぐったりと事務所で居眠りしている姿をたまに見かけるようになった。煙草をくわえる回数も徐々に増えていった。

彼女の自殺は私を少しずつ萎縮させていった。自分が死に追いやった気がして、金縛りのような症状に毎晩苦しめられていた。ひどい痛みが頭頂部から下りていき、まともに息もできなくなるほどだった。バクバクする心臓を落ち着かせるために偏頭痛の薬を飲んで、毎日なんとかやり過ごしていた。私の考えが間違っていた。愛という感情は数百年前に描かれた名作にあるような薄っぺらい物語なんかじゃなかった。彼女の眼差しが真実の愛を物語っていることには気がついていたが、私は何とかして否定しようとした。この世にそんな愛は存在しないと信じてきたから。もう一度カン・ミフに会ってこう伝えたい。

「あなたを死に追いやるつもりじゃなかったんです！　私が知る限り、ファン医師は、命を投げ打つほど価値のある人間には見えなかった。カン・ミフさん、あなたは愚かな恋をしていたんです」

そうひとり叫んだところで、もはや取り返しがつかなかった。


絶望の時間はむなしく過ぎていった。たまに夜遅くまで事務所に残った。沈んだ気分を忘れたいときは酒が一番だった。冷蔵庫から社長の飲み残しの焼酎を出し、肴《さかな》になりそうなものが見当たらなくて、ツナの缶詰を開けた。ひとりで焼酎グラスを傾けるときが、いつの間にか心安らぐ時間になっていた。二杯目を空けたころ、誰かが事務所に入ってきた。ユミだった。

「こんな夜遅くにどうしたの？」

「明日は朝イチで顧客とのミーティングなんだけど、業務日誌に書き留めた電話番号を忘れちゃって。それより、つまみもなしに焼酎なんて何事？」

「なんとなく……気が滅入って……」

「気にしすぎだよ。カン・ミフが死んだのはカウルさんのせいじゃない。病気が原因でしょう」

「今もカン・ミフが自殺したなんて信じられない。すべて私のせいだって気がする」

「そんなこと言わないで。私が担当したとしても、同じことが起こっていたかもしれない。うちのお母さんが言ってたんだ。人生に飛び級はない、くよくよするな。想像もつかないような出来事を経験しながら、人間は成長するもんなんだ、って」

「たしかに、はじめて会ったときからカン・ミフは危なっかしかった。彼女の部屋に会いに行ったときも、もしかすると死のうとしてたのかもしれない。真っ暗な部屋に死の影が立ち込めてたのに、私にはすべてがお金にしか見えなかった。誰かが苦しんでるという事実から目を背けた。私の自己中が彼女を死なせてしまったのかもしれない」

「自分を責めないで。彼女ね、こうなる前から苦しんでたみたい。この前警察が来たときに話してたんだけど、通院記録が残ってたって。ファン医師がすべての導火線になったってわけ。家族とは連絡がつかなくて警察が苦労してたらしいんだけど、父方の伯母さんって人となんとか連絡がついて、遺体を引き渡したって。お父さんが早くに亡くなってて、母ひとり子ひとりだったんだけど、そのお母さんも数年前に交通事故で他界したんだって。それから不眠症と不安症に苦しんでたみたいだね。なんか気の毒だな。恋人までいなくなるっていう喪失感のせいで、まともな状態じゃなかったのかもしれないね」

「本当に……」

ユミの話を聞いているとカン・ミフが耐えていたであろう、とてつもない心細さと孤独が私の胸にぐっと迫ってきた。彼女にとってファン医師は恋人以上の存在だったのではないだろうか。もしかすると私が見たのは、クモの巣にかかって羽をばたつかせる蝶《ちょう》の最後のあがきだったのかもしれない。彼女の愛をロマンティックな虚言なのだろうと、すべて自分の物差しで判断してしまった。彼女の低く乾いた声が私を鞭《むち》打っているような気がした。ねじれた心が、かろうじて堪えていた涙を溢《あふ》れさせた。何度警察署に出向いても一滴も涙をこぼさずに頑張ってきたのに、今日は我慢できなかった。彼女の寂しさがどんなものだったのか、モノクロのフィルムのようにぼんやり見えてきた。言葉が見つからない。静かにすすり泣いているとユミが近づいてきて私の肩をよしよしと叩いた。

家に帰ると窓越しにしとしとと秋雨が降るのが見えた。軌道を見失って迷子になった人工衛星のように、ひとり取り残されたような気分だった。雨は徐々に激しさを増し、窓にあたる音も大きくなっていった。雨粒が建物を飲みこむかのような騒々しい音を立てていた。そのとき、鉢植えを手にした母が私の部屋に入ってきた。

「この花、結局枯れちゃったね。捨ててもいいでしょう？」

母の手にあったのはベラドンナだった。

「捨てないで、ここに置いておいて」

「もう枯れちゃってるのに、どうして必要なの」

「いいから出ていって！」

私は母の手から鉢植えを引ったくった。

「この子ったら、どうしたの？　ほんとに」

「お母さん、悪いけど、いま話す気分じゃないの」

こんな気分で母と会話をしたら、余計にややこしくなりそうだった。母はいつもと違って鋭い反応を見せる私に驚いたような顔で部屋を後にした。

ベラドンナの葉はひとつ残らず落ち、黄色く干からびてぱさぱさに乾ききっていた。指でそっと撫でてみた。ほんの少し触れただけで、葉は粉々になって床に落ちた。元々は葉だった粉を見ていたら急に涙がこみあげてきた。変色してしまった植物に生命の痕跡を見つけることはできなかった。

床に落ちた粉を指で撫でた。カン・ミフの最後の微笑みが目の前をちらついた。彼女は大海に浮かぶ丸木舟みたいな存在だった。なんの予感も感じ取れなかった鈍感な自分が許せなかった。自分の認識の甘さが恥ずかしくて耐えられなかった。自分の考え方が、どれほど不条理だったか知った。心にひんやりした風が吹いた。寂しさと虚しさで胸がむかむかした。カン・ミフの揺れる眼差しとふらつく足取りは簡単に忘れられそうにない。一度だけ彼女に謝罪できるとしたら、こう言いたかった。

「ミフさん、あなたの人生を知ったかぶりして、偉そうなふりをして、ごめんなさい。この世を去るのはあなたの自由でも、あなたを失った私の人生は以前よりもひどいものです。あなたの怒りが鎮まってくれてたらいいのですが。あなたは空へ旅立って心の平和を取り戻したかもしれないけれど、私は穏やかじゃない日々が続いてます。でも、つらい素振りは見せないつもりです。ミフさんの人生を軽んじたこと、どうか許してください」

12

午前八時五分、寝坊したせいで会社に遅刻してしまった。地下鉄から小走りで息が切れるまで走った。社長は事務所に寝泊まりしているから遅刻する人間の気持ちが理解できない。事務所に入って席に着くと社長の小言が幻聴のように聞こえてきた。

「明け方まで飲んだくれてるから遅刻するんだよ！　今日は嫌な予感がする」

こう言われるだろうと思っていたから、社長のいるパーティションのほうには目もくれなかった。でも事務所はしんとしていて、パーティションの向こうには誰もいなかった。社長は出勤していなかった。

「社長、今日は出勤してないの？」

先に来ていたユミに訊いた。

「うん。そして、なんかこのゆるい感じは、完全にヤバい気がする」

そのとき誰かがいきなり事務所に入ってきた。

「あの……社長いらっしゃいます？」

化粧が崩れた状態でベッドで寝ていた女の人だ。語尾を上げる延辺《エンペン》〔中国東北部の吉林省にある朝鮮族の自治州〕の語調がかすかに混じっていた。

「社長は最近、ミーティングで外に出ることが多いんです」

思わず嘘をついていた。

「お嬢さん、社長の家がどこか知りません？」

「社長の家ですか？　さあ。私はよく知りませんが……ところで、どういうご用件ですか？」

ジュウンが好奇心いっぱいの目を丸く見開いて尋ねた。

「それが……社長が……」

彼女は急に瞼《まぶた》が赤くなったかと思うと、ハンカチを取り出して涙を絞り出した。

「お嬢さんたち、あたしを助けてくれたらだめですか」

「はい？　何をですか？」

私たちは同時に彼女を見つめた。

「じつはずっと前から、あたしと社長は結婚することに決めてました。なのに社長は心変わりしたのか、最近はちっとも電話に出ないんです。毎日すんごく心配してます。社長が来たら伝えてください。延辺では、女を泣かす男はキムチの壺《つぼ》を埋める穴に生き埋めにされるんだと。今日中にちゃっちゃと電話よこさないと、ただじゃ置かないって！」

彼女の言葉は脅迫に近いレベルだった。社長の秘められたプライベートが少しずつ浮き彫りになってきた瞬間だった。彼女は同じ女性としての親近感から徒党を組もうとしているように見えた。彼女が出ていったあと、社長の幻想を壊された私たちはしばらく困惑していた。

「あいつ……」

ユミが怒りの一撃を放った。

「どう見ても社長って怪しくない？　今まで家から電話がかかってきたの、一度でも見たことある？　ってことは、あの女の人と本気で結婚するとか？　いや、そんなはずはないか。社長の理想がいくら低くても、あの人は完全に違う気が……」

「人の本音なんてわかりませんよ。あの人、事務所のベッドで寝てたときから尋常じゃなかったですもん」

「他人の会社で遠慮もせず堂々と寝れちゃうなんて普通じゃないよ」

「社長のベッドを自分の家だと勘違いして寝られる才能なんて無敵じゃない。社長はもう逃げられないね」

「よかったじゃないですか。社長がシングルなら、なんの問題もないですし」

「でもさ、何が怖くて逃げてるんだろう？　それが怪しいよね」

私たち三人は社長のプライベートにあらゆる想像を膨らませていた。


午後になると社長が気の乗らなそうな表情で事務所に顔を出した。

「変わったことは？」

ユミが女の人がたずねてきた話を切り出し、彼女の言葉を一語一句違わず伝えた。

その話を聞いている社長は明らかに困った表情を浮かべ、ユミの話が終わるとすぐに不快そうに口を開いた。

「質《たち》の悪い女だな。結婚ってなんだよ、結婚って。まったく、韓国に来たばかりだっていうから何度か話し相手になってやったのに、俺を弄ぶ気か。人の部屋に押しかけてきて、ひとりで酒を飲みまくってひと晩寝ていったと思ったら、今度は俺に新郎役を押しつける魂胆か？」

社長はきまり悪そうにぶつぶつ言った。私たちはどっちの話が本当なのか混乱した。社長の顔を見ていると社長の話が正しいみたいに思えたし、あの女の人の話を聞いていたときは社長が男のクズに見えた。どっちが正しいのか判断がつかない。けれど、一夜を共にしたからって結婚するのはあり得ない話だと思った。

「元気にしてますか？」

じつに意外な相手、ト・ジヌから電話があった。想定外の電話に声まで震えた。外で少し会えないかという提案に心が揺れた。カン・ミフの自殺以来、疑問と混沌《こんとん》の時間を過ごしてきたせいか、彼の存在をすっかり忘れていた。電話を切るとカン・ミフのトラウマが再発したのか、鋭い不安が体を突き抜けた。

午後三時に約束のカフェのドアを開けるとト・ジヌの顔が見えた。ネイビーのスーツにインディアン・ピンクのシャツを合わせた姿はいつもと違って見えた。彼は私を見ると、にこりと笑いながら手を挙げた。明るい表情に不安な気持ちが少し和らいだ。

「お変わりなかったですか？」

私は慎重に尋ねた。

「たくさん変わりました」

その答えにどきりとした。ひどい目に遭った人間が必要以上に用心深くなるように、変わったという言葉にひやりとしたのだ。

「あの……彼女は戻ってきましたか？」

「カウルさんが言ったとおり、戻ってきました」

私はその言葉に胸をなでおろした。

「では、どうして？」

「もう一度、依頼したい件があって」

彼はコーヒーを口に含みながら言った。

「どんな依頼です？」

「彼女に別れを告げようと」

彼の意外な依頼に驚いたせいで、持っていたコーヒーカップが一瞬揺れた。

「自分でもこういう決断に至ったことが信じられません。じっくり考えてみたんですが、最初から彼女とは合わなかった。僕は彼女の好みに合わせようと、かなり無理をしていたように思うんです。無理は長続きしない。本物の感情じゃないからです。それにもうひとつ、今でも活字を見ると胸がときめくという新たな事実もわかりました」

その言葉を聞いた瞬間、説明のつかない喜びが胸に湧きあがってくるのを感じた。

「胸がときめくことをするのが正しいって言いますもんね」

「そのとおりです。僕は自分を捨てようと無理ばかりしてました。彼女が望む生き方に合わせようと、自分の体に合わない服をしわくちゃのまま無理やり着ていたんです。実際、休日をどう過ごすかという問題で僕たちは今も揉めるんです。もう、この諍《いさか》いは終わりにしたい。好みの合わない女性とは一緒にいるべきじゃないと気づきました」

「後悔しない自信はありますか？」

彼女と別れるという宣言にことさら慌ててみせたが、内心では彼が気づけたことを喜んでいた。彼は元の自分に戻るのだと思うと、心から祝福してあげたかった。彼はもう、はじめて会ったときの内気な作家志望者ではなかった。内面の声にきちんと耳を傾けられる、自己愛に忠実な堂々とした姿に変化していた。

「もちろんです」

ト・ジヌが心の安らぎを取り戻したのが感じられた。私は依頼を快く引き受けることにした。彼の堂々としたようすは、得体のしれない小さな興奮と喜びを同時に引き起こした。この感情の正体が何なのかはわからないけど、悪くないのは確かだった。

「カウルさんも強迫観念から抜け出したいことってありますか?」

彼が唐突に個人的な質問をしてきた。

「えっ?」

いきなりすぎる問いに父親を思い浮かべた。この世に私を誕生させた人物ではあるけれど、それ以上でもそれ以下でもなかった。血がつながっているとはいえ、それはもう過去の話にすぎない。私たち母娘《おやこ》にとって父親という単語が幸不幸の境界線だったのかは、実際のところはっきりしなかった。父親の些細《ささい》な記憶すら忘れてしまいたい時期もあった。私が恋愛に積極的になれないのも、父親に対する嫌悪感があるからではないだろうか。ひとつはっきりしているのは、父親の不在は小さいころの私をいつも萎縮させていた。かすかにではあるけれど欠乏の影がちらついていたのは否定できない。

大学三年生のときだったと思う。白髪頭の老教授を見ながら、はじめて父親を恋しく思ったことがあった。その教授が授業中に娘について話をしたことがあったのだが、彼は娘の望みなら何でも聞いてやるほど溺愛していた。デパートでスニーカーを買って帰ったら、娘がどれほど喜ぶだろうかと悩んでいた姿、娘のどんな頼みもすべて叶えてあげたいという言葉を聞いた瞬間、おぞましいほどの嫉妬に苛《さいな》まれて頭がおかしくなりそうになった。娘にだけ向けられている彼の愛情を奪いたくなった。父親の愛を独占する娘を呪うべき対象のように考えてしまう意地悪な気持ちは収まらなかった。あんなふうに娘を溺愛するすべての父親を、私のものにすることはできないだろうか？　私のように欠乏の塊みたいな娘もいるということを知ったうえであんな話をしているのだろうか。私は、教授の授業をとらなくなった。露骨に彼を軽蔑した。娘を溺愛しているからという単純な理由からだった。でも時が過ぎて気づいた。自分が求めていたのは父親ではなく、父親という存在が与えてくれる安心感だったということに。

「カウルさん？　何をそんなに考えこんでいるんですか？」

しばらく言葉もなく座っていると、ト・ジヌが訝しそうに尋ねてきた。

「私にも蕁麻疹《じんましん》のようなものがあったんです。そのせいですごく苦しんだし、今でこそ過去になりましたけど……。自分事なのに自分では解決できないことってありますよね」

目の前の彼にとげとげしい心を見透かされそうで押し黙った。

「彼女と別れると決心してから、僕の気分がどう変わったかわかります？」

彼は私をじっと見ながら言った。

「もしかして、後悔？」

「とんでもない！　カラオケでひとり十曲くらい熱唱したあとのように爽快な気分です」

ト・ジヌは強く否定しながらふてぶてしい笑みを見せた。私の予想がいい方向に外れた。一度も恋人がいたことがないから、またひとりになるというのがどういう気分かはわからない。誰かは別れ、また別の誰かは、その別れを何とかして防ごうと頑張る、それが世の中なのかもしれない。もしかすると今の私に別れる相手がいないというのは、とっても気楽な現実なのかもしれない。私は彼の決定を尊重することにした。

二日後、ト・ジヌの恋人と彼女の会社近くで会った。ショートボブヘアの彼女はカーキ色のロングカーディガンを羽織って出てきた。私はまず自己紹介をした。

彼女は私を見るや、警戒の眼差しを見せた。

「どんなご用ですか？」

「まずト・ジヌさんからのメッセージをお伝えします。ユ・セリョンさんとト・ジヌさんの関係は本日をもって終了したことを通告いたします。ト・ジヌさんは、これ以上ユ・セリョンさんと一緒にいることはできないとのことです。これまでト・ジヌさんは、ユ・セリョンさんの好みに合わせようと努力してきましたが、簡単なことではありませんでしたし、もう自分を騙したくないとのことです。それから……」

私はその場で丁重に別れを告げ、理由を説明した。彼女はひどく困惑していた。

「なんの話をしてるんですか？　ジヌが本当にそんなことを言ったんですか？」

彼女は困り果てた顔で呆れたというように訊いた。

「はい」

私は短く答えて頷いた。

彼女は信じられないというように鞄から携帯電話を取り出した。今すぐ確認するつもりらしい。電話をかける彼女の取り乱したような顔つきを見守った。彼女は何度も電話をかけたが、最後までト・ジヌが出ることはなかった。感情を抑え切れないというように彼女の表情が徐々に歪《ゆが》んでいった。

「いちばんの理由はなんだと思いますか？」

彼女が唇を噛んだ。

「相手のあるがままの姿を受け入れなかったからでしょう」

「彼がそう言ったんですか？」

「そうは言ってませんが、私の推測です」

彼女は困惑した表情で言い返してきた。

「理想どおりの恋愛がしたかったんです。彼も応じてくれてたのに。何が間違ってたんでしょう?」

彼女は私を見ながら到底受け入れられないという口調で言った。

「申し訳ありません。依頼人を思い直させるのは、私の仕事ではありませんので。ひとつだけアドバイスするなら、考えを改めるからと相手に伝えるのは得策とは思えません。賞味期限が切れた食品は廃棄処分するのが健康のためでしょうから」

さらに出すぎた口をきいてしまいそうで、急いで席を立とうとした。すると、彼女が言った。

「こういうのははじめてなんです。答えが出ないのに悩み続けるのもバカみたい。言わなかっただけで私にだって不満はありました。楽しく遊ばせてもらったと伝えてください。あ、それからもうひとつ。人を勘違いさせるなとも伝えてください」

彼女は非難も批判もしなかった。その点はむしろ新鮮だった。別れとは、どちらが先に告げたかによって耐えなければならない大きさも変わってくるのだろう。非難や批判が大きくなるほど深い沼にはまりがちだ。それでも、告げられた別れに対して無効だと声を荒らげたりしない彼女は堂々として見えた。

帰宅しながらこんなことを考えた。胸がときめくような経験も、失恋の苦しみもない私の人生は完ぺきだと思えない。喪失を恐れている私は、臆病者なのだ。さっきの彼女を見ながら何となくわかった気がした。

ト・ジヌに電話をかけた。依頼された案件が先ほど完了したという報告のためだった。彼は意外にも穏やかに受け入れた。ずっと苦しんできた問題だからこそ、淡々としていられたようだった。

「もしよければ、夕飯でも一緒にどうですか？」

彼は意外な提案をしてきた。一瞬ためらった。自分がどうしてためらったのかはわからないけれど、会わなければいけない気がしてすぐに返事をした。

場所は延新内《ヨンシンネ》にある紅ズワイガニ定食が評判の小さな食堂だった。こぢんまりとした一軒家の一階を食堂に改装した店で、週末になると行列が絶えないそうだが、平日の夕方のせいか、それほど混んでいなかった。お店の人が案内してくれた小さな引き戸のある個室に入った。古くからの常連なのだと彼は言った。

しばらくして紅ズワイガニが盛られた大皿とおかず類の小皿が運ばれてきた。彼は長くて赤いカニの脚をためらうことなく指で裂くと、私に差し出した。

「食べてみてください。紅ズワイガニは深海生物なので活魚とは違う。陸地に上がった瞬間に死ぬんです」

生まれてはじめて見る紅ズワイガニだった。彼が差し出したカニの脚を口の中に入れた。ぎっしり詰まった白い身に薄口醬油の味が染みこんでいて、これこそまさにご飯泥棒だった。口の中に風味が広がると急に母を思い出した。

「母が大のカニ好きで、春になるとケジャンを漬けるんです。でも、最近は具合が悪くて、いつ以来のカニか思い出せないくらい」

唐突に母の話をはじめていた。この仕事をしていて家族の話なんてしたことなかったのに、自然と口に出していた。気楽に話せたのは、この紅ズワイガニのおかげだろうか。私が母の話をすると、彼は家族の来歴や友人の話、公務員社会の矛盾といった自身の関心事を、絡まった糸がほぐれるように明かしていった。時の経つのも忘れて聞いていると、食事が終わるころになって彼がこう言った。

「このあいだ、蕁麻疹のようなものがあったと言っていましたけど、その話を聞かせてもらえませんか」

「覚えてたんですか？」

「つらいのは自分だけだと思っていたんですが、カウルさんにもあると聞いたら気になっちゃって」

彼は私の心に秘められた話を本気で聞きたそうな口ぶりだった。

「いつか蕁麻疹が治まったら話します」

「蕁麻疹が治まったら……いいでしょう。受け付けました」

食事が終わると、彼はレジの前で袋を差し出した。

「カウルさん、お母さんにどうぞ」

それは紅ズワイガニが詰まった袋だった。彼のそんな行動に少し慌てた。家でひとり食事をする母のために用意しておいてくれたのだと思うと、胸がいっぱいになった。誰かに母を気遣ってもらったことがないせいか、彼の好意を受け取ってもいいものなのか、さまざまな感情が入り乱れた。

帰宅するあいだずっと、カニが入った袋を見ながら、さっきまでのことを思い出していた。本当に長いこと忘れていた、慣れない感情だった。人からの配慮に慣れていない私は、こんな気遣いをしてもらうと思わず崩れ落ちそうになる、この感情は何なのだろう。娘にとって初恋の相手は父親だと言うが、父親を失った私にはその感情はわからない。これがそれなのだろうか。母はいつも私に、配慮のできる男性と出会いなさいと言っていた。そういう相手なら私も心を開くだろうと、母は最初からわかっていたのかもしれない。

「この事務所で結婚するくらいお気楽なのはジュウンだけだな」

午後になるとジュウンが結婚式の招待状を配った。彼女の表情はとても明るかった。社長はおめでとうと言いながら、しばらく招待状をじっと見つめていた。

「社長、うらやましいんじゃないですか？　でも、社長にはあの人がいるじゃないですか？」

「あの人？」

「わかってるくせに……ベッドで寝てたあの女性ですよ」

ユミは社長の痛いところを突いた。社長は頭を掻《か》きながら弱り切った表情を浮かべた。

「困ったな。弁明もできないし、早とちりして、俺を三流小説の主人公に仕立てあげるなんて……まったく」

「そこまで言うことないでしょう」

今度はジュウンが口を挟んだ。

「でも、きれいな人でしたけどね……」

「人間は顔で生きてるわけじゃないんだぞ？　それに、もう顔で相手を選ぶ年齢じゃない」

社長は複雑な表情をすると煙草の箱を手に事務所の外へ出ていった。社長は言うべき言葉が見つからなかったり、困ったことが起きたりすると、必ず煙草を吸いに出ていく癖があった。これまで一緒に働いてきたが、社長に対してはまだわからないことがたくさんあった。

この前、社長の机で写真を見つけた。制服姿の女の子がピースサインをしながら笑っていて、その目つきは社長と似ていた。別の写真には、その子を真ん中に知らない男女が写っていた。彼らは家族に見えた。写真にひとつ共通点があるとするなら、社長が写っていないということだった。

「ここで何してるんだ？」

いつの間にかパーティションの中に入ってきた社長と鉢合わせした。見てはならないものを見てしまったように動揺した私は、素早く写真を机に置いた。社長はその写真を手にすると言った。

「この子が誰なのか気になるんだろう？　俺の娘のスンリだ。見ろよ。スンリの横にいるのが別れた妻で、この男は再婚相手。俺より十歳は年上に見えるよな。まあ、誰と暮らしてようが、娘が幸せならそれでいいんだ」

社長は訊いてもいないことまでしゃべりながら気まずそうに笑ったけれど、その笑顔はどこか悲しげだった。

「あの……すみませんでした」

「いいって。たいしたことでもないし。しかし、あいつも、どんだけ空気読めない非常識な女なんだろうな？　この俺に再婚相手の自慢をメールしてくるんだぜ、理解できないよな？」

社長は不愉快だというようにぶつぶつ言った。前妻への怒りと許しの感情が溶解されないまま、自己憐憫《れんびん》に陥っているようだった。

13

ジュウンの結婚式は、ソウル市内にある小さな聖堂で慎ましくおこなわれた。聖堂の入り口には色鮮やかなフラワーアレンジメントが飾られたフォトテーブルが見えた。芳名帳に名前を書いて聖堂の中に入る。十分ほど遅刻したせいで結婚式のミサはもう始まっていた。

ユミが参列客のあいだから手で合図しながら近づいてきた。薄いベージュのワンピースを着たユミはまるで別人のようだった。普段はシャツ姿ばかりの彼女が正装した姿を見るのははじめてだった。

「ウエディングドレス、すてきだよね。自分でデザインして作ったんだって。本当にすごいよ」

「裁縫のレベルが素晴らしいね。仕事しながら、どうやって時間を作ったんだろう」

「私は死んでも作れないだろうな。二十歳ですでに恋愛細胞が死に絶えちゃったし。でも、ウエディングドレスが着たくなったら、おひとりさまウエディングも悪くないかも。親友を何人か招待して立派なドレスを着た姿を写真に撮るのも記念になるし」

「それ、いいアイデアだね。ユミさんがおひとりさまウエディングをするときは必ず参列するから」

ユミは私の言葉がおかしいのか、口を手で覆いながら笑っていた。

「ところで社長は？」

参列客のなかに社長の顔は見当たらなかった。

結婚式のミサが執りおこなわれているあいだ、ジュウンは敬虔《けいけん》で厳かな様子だった。いっさい虚栄のない結婚の儀式が淡々と進められているのがすごく不思議だった。人生の主導権を握る生き方を見せられているようだった。他人の視線なんて気にせず、自分らしく生きていくのは簡単じゃない。私はそんなふうに自分の人生を生きられているのか、ふと考えた。

ミサが終わると、ジュウンは聖堂の前庭に移動し、参列客と記念撮影をした。私とユミもジュウンの友人たちと写真に納まった。その後、聖堂の裏庭に準備された披露宴会場に移動し、テーブルに用意された料理を食べながら、新郎の友人たちによる音楽の演奏や、家族のお祝いメッセージを聞いた。思っていたよりにぎやかな披露宴だった。新たな門出を迎えた新郎新婦に幸せを願うメッセージを送る番が私にも回ってきた。

「人生は一度きり。ジュウン！　ジュウンが望む人生を生きなきゃね。他人の期待に自分を合わせようとしないジュウンはカッコいいと思う！　新たな門出に祝福を送ります！」

短いけれど真心を込めたメッセージで新郎新婦を祝った。

結局、社長が現れることはなかった。社長のスランプは長引きそうだった。

「このメールを見たらすぐに帰社するように」

外での打ち合わせが終わった直後に社長から呼び出しがあったので、予定を変更して急いで事務所に戻った。社長は私が戻ったのにも気づかず目を閉じていた。私がパーティションのほうに近づくとようやく目を開けた。疲労が続いている人の表情だった。社長は私を見ると、一枚のメモ用紙を差し出した。そこには安山《アンサン》方面の住所と〝ジム・ウィファ〟という名前が書かれていた。

「呼んだ理由は他でもない……事務所で寝ていた女、覚えてるだろ？」

「ああ、あの人」

「あの女のせいで最近かなりまいってるんだ。昼夜を問わずストーカー並みにつきまとわれていて、若干の恐怖を感じてる。結婚しようと大騒ぎされて、頭がおかしくなりそうだ。今までなんの問題もなくひとりで暮らしてきたのに、結婚、結婚ってしつこくてね」

「社長、本当になんの関係もないんですか？」

社長が降参するなんて怪しい。やっぱり何かやらかしたのだろうと内心では疑いの目を向けていた。

「下品な言い方をするならば、一時の火遊びがあったとしよう。だからって全員が結婚するとは限らないだろう。こんなことでつけこまれるなんて、まったく、勘弁してほしいよ。それでなんだけど、きみがこの件を解決してくれないか。俺は関わりたくない」

社長は断固とした口調であの女の人を危険人物と決めつけた。

「事務所の場所を知られているのに、どうすればいいんですか」

「今日からは別の場所で寝泊まりする。うまく片付けば手当をはずむから、当分はこの件に集中してほしい」

社長が私に要求してきたのは別れの通知と整理だった。お別れマネージャーの業務と変わらない。でもカン・ミフが自殺してから、あらゆることに用心深くなっている私は気軽に乗り出せなかった。しかも社長の案件だと思うと、何か引っかかるものがあった。

「正直に言うと、この仕事は気が進みません」

「薄情なこと言うなよ」

「まだカン・ミフのトラウマがあって、本音を言えば少し休みたいんです。社長がやらかした件なんですから、自分で解決してくださいよ」

「自分で解決できるなら依頼なんかしないよ。簡単に引き下がる女じゃないってわかってるくせに。この件をうまく収めてくれたら手当を倍にするから。これも顧客からの依頼だ。マネージャーの仕事に変わりはない」

社長は手当と職務というふたつの手段で私をがんじがらめにした。この件も結局は顧客からの依頼だという事実は否定できない。社長の強圧的な態度にも負けて、引き受けることになった。社長はようやくほっとしたのか、打って変わって明るい表情を見せた。お別れサービスの第一人者を自称していた社長も、自分の問題になると板挟み状態でじたばたするしかないようだ。自らの異性トラブルすらも面と向かって処理できない社長が理解できなかった。


朝から安山に直行した。

安山駅に降り立つと異国情緒の漂う風景が目に飛びこんできた。道路を渡って多文化通りの看板が掲げられている通りに入ると、さまざまな国の人たちでごった返していて、東南アジアの都市を彷彿とさせた。外国語で書かれた看板に馴染みのない食料品がずらりと並び、ドリアンなどの熱帯の果物を売る露天商や、赤いたらいに鮮魚を入れて売る人が目を引いた。

街角にある外国人専用の住民センターを曲がると、集合住宅が立ち並ぶ路地が見えた。メモに書かれた住所だった。シム・ウィファの家は洗濯物が外にずらりと干された赤い石造りの建物の二階にあった。彼女に電話をかけるか迷ったが、そのままガラスがはまったアルミサッシのドアをノックした。

「誰だい？」

延辺訛《なま》りの男がドアを開けた。黒い顎ひげを生やしていて、タンクトップのあいだから筋肉質な肩を覗かせている。

「あの……こちらはシム・ウィファさんのお宅ですよね？　いらっしゃいます？」

「今はここにいないよ」

男は少しぶっきらぼうな口調で言った。

「どこに行ったら会えますか？」

「ところであんたはどちらさん？　うちの女房に何の用？」

「はい？　女房？　シム・ウィファさんがですか？」

彼は明らかに彼女のことを女房だと言った。

「そうだけど。あんた誰？」

「以前にシム・ウィファさんと一緒に働いてた者です。最近ちっとも連絡がつかなくて」

「上の子が具合悪くて延辺に帰ってるよ」

男は少しも疑うことなく彼女の近況を淡々と語った。

「あの、本当に旦那さんなんでしょうか。旦那さんがいるとは聞いてなかったので」

「元旦那だよ。離婚したんだけど異郷暮らしは大変でね。しょうがなく一緒に住んでるんだ。だから誤解しないでくれ。女房はもうすぐ韓国人の男と所帯を持つみたいだから、この生活もそろそろ終わるはずだ」

シム・ウィファは経済的な理由から、他人同然とはいえ、元夫とひとつ屋根の下でしぶとく暮らしていた。元夫はシム・ウィファが韓国人の男と交際していることまで知っている。むしろ、ふたりがうまくいくことを心から願っているようなようすだった。

「息子が五日前に急性心不全で運ばれたって連絡があってね。女房は急きょ息子の元に向かったんでバタバタしてるんだろう。その男とうまくいけば、息子もこっちに呼べるって言ってたんだが」

シム・ウィファが交際している韓国人の男というのは社長に違いない。元夫は離婚した妻に韓国人の男がいることに安堵しながらも、息子が心配のようだった。彼女と元夫は異郷にやってきてからも、協力者で支援者の関係だったのだろう。彼は黄色い歯を出してにっと笑うと、家の中に戻っていった。

シム・ウィファの家を出て多文化通りに戻った。彼女に会えなかったのはむしろラッキーだった。人様の事務所のベッドで寝ていた彼女には、韓国人の男と結婚するというコリアンドリームを摑まなければならない確固たる理由があるようだった。急性心不全だという彼女の息子が気がかりな私は、社長の味方にはなれない気がした。

多文化通りを歩いているあいだ、さまざまな思いが入り乱れた。携帯電話を取り出し、社長に送る文面をじっくり考えてみた。

〝シム・ウィファは息子の健康問題で中国に出国。離婚した元夫と同居中とみられる。シム・ウィファの不在により別れの通知は一時中断〟

私は現状を簡単に整理して社長に報告した。メッセージを見た社長がどんな顔をするか思い描きながら。

安山から事務所に戻ってくると、ちょうどお昼時だった。社長は待っていたと言わんばかりに近づいてくると、シム・ウィファの近況を詳細に尋ねた。

「シム・ウィファは離婚した旦那と今も一緒に暮らしているんだな？　そうとも知らずにまったく……。人の心ってのはわからないと言うが、まさにそのとおりだな」

社長はシム・ウィファが元夫と同居している事実に憤慨していた。

「これからどうするつもりですか？　韓国に戻ったら、荷物をまとめてここに来かねない勢いでしたけど」

「誰がそんなこと許したんだよ？」

社長は少し興奮しているのか口の端を吊り上げた。

「元夫だという人が社長と結婚するだろうって、それとなく期待してましたけど」

「どうしようもない女だな」

「彼女に何か約束でもしたんじゃないですか？」

「俺が？　頭おかしくなったのか？」

「じゃあ、彼女がひとりでそんな決心をしたとでも？」

社長がむかつくような言葉だけを選んで言い続けた。社長が自分の欲望だけを満たし、自分勝手極まりない行動をとっているようで快く思えなかった。

「じゃあ俺がシム・ウィファに結婚をちらつかせて、詐欺でも働いたって言うのか？」

「と言うか、社長もつけ入る隙を与えたんじゃないかって話です」

「呆れたな。いくら真相は闇の中だからって。人間のクズに成り下がるのは一瞬ってわけか」

「別れた夫は腕力に訴えそうなタイプに見えましたけど、今回の件がうまくいかなかったら黙ってなさそうですね」

「もしかして延辺を縄張りに活動してるとかいう闇組織のメンバーじゃないだろうな？」

「まさか、そんなはずは」

社長は怯える子どものように顔を曇らせた。シム・ウィファが置かれている状況に対する憐憫《れんびん》なんてものはなかった。むしろ彼女の元夫が現れて、自分を脅迫するのではと恐れているようだった。

事務所を出る前に有給届を提出した。社長の案件が片付き次第、休暇を取りたかった。有給届を見た社長は気に入らないという表情を見せた。

「三日も休むのか？　なんのために？」

「プライベートな用事です」

「どうしても今月に休まなきゃいけないのか？」

「今じゃないと、機会を逃してしまいます」

「マネージャーがいないと不安なんだが」

社長はシム・ウィファのせいで深刻な顔をしていた。でも、私も引き下がるわけにはいかなかった。社長は仕方なさそうに渋々ながら休暇を許可した。

数日後、昼休みにト・ジヌが勤務する区役所に立ち寄った。正門の前で電話をかけると、ちょうど職員食堂でランチを食べ終え、外に出てくるところだと言った。玄関で私を見つけた彼はさっと手を挙げると歯を見せて笑った。

私たちは一階のロビーにある来客用の休憩室に座った。

「カウルさんとここで会うなんて。どうしたんですか？」

彼はいきなりの訪問に驚いたというように尋ねた。私は慎重に切り出した。

「お渡しするものがあって。これです」

私は大きな茶封筒を差し出した。

「なんですか？」

「気になるなら確認してください」

彼は茶封筒の中から色褪せた大学ノートを引っぱり出した。

「これって……あのとき僕が捨てたスクラップノートじゃないですか。どうしてカウルさんが持ってるんですか？」

「廃棄処分のとき、こっそり抜き取ったんです。いい資料が多かったので、捨てるのがもったいなくて。活字たちが助けてほしいって叫んでたんです。それでこっそり。もし私が書くことになったら、そのときに活用してもいいかなと思ったので。でも、これで持ち主のもとにちゃんと戻りましたね」

しばらくのあいだ、彼はノートをじっと見つめていた。

「カウルさん、ご自分に先見の明があるってご存じですか？　本当はこれを捨てたこと、後悔してたんです」

「そうなんですか？　あまりにもノートの中で物語がいきいきと動いていたから、簡単には捨てられなくて」

「カウルさんも作家の気質があるんじゃないですか？」

「私もずっと前に書きかけてやめたものがあるんです。完成させられなかったけれど……。人生は最後の瞬間までわからないって言うじゃないですか。私も世界がひっくり返るような作品を書くかもしれないですよ」

彼は笑いながら、それも悪くないという表情を見せた。

「じゃあ、どうして返してくれたんですか？」

「持ち主のもとに帰るのが正しいと思ったんです。私が持っていたとしても、自分のものだと言うことはできませんから。さいわいなことにあなたは元の自分に戻ることを選んだので、ノートも元の場所に戻るべきかと」

「書くべき人は、僕じゃなくてカウルさんなのかもしれないな」

彼は笑いながらスクラップノートを受け取った。まんざらでもなさそうな表情だった。

「カウルさん」

彼は私の目を見つめながら低い声で名前を呼んだ。彼の目を見ていると、どう表現したらいいのかわからない感情が揺れ動いた。

「ありがとうございました。理解してもらったときの気分って、こういうものなんですね」

しばらくの沈黙のあとに彼はそう言った。その言葉は蒸し暑い天気を爽快にしてくれた。私は魔法にかかったように、ずっと微笑みっぱなしだった。

「また会えますよね？」

「ええ、もちろんです。カウルさんと僕は、何か通じるものがある気がします」

彼は短いけれど、はっきりとした言葉で思いを伝えてきた。

何日か旅行に行ってくると伝えて彼と別れた。男性に対する警戒心を解いたことだけでも、自分が変わりつつあるのがわかった。彼に会うと、新鮮な果物をがぶりとかじったような気分になるといえばいいだろうか。三十歳になって、こんなうきうきした気分を味わうのも悪くなかった。いつかは煙みたいに消えてしまう感情だとしても、一度はこの手にぎゅっと摑《つか》んでみる価値はあるのかもしれない。

午後遅くに誰かが事務所のドアをがちゃりと開けた。しまった！　シム・ウィファが事務所に入ってきた。その顔を見た瞬間、書類を取り落としてしまった。彼女の手には市松模様の旅行鞄が二つあり、決死の覚悟でやってきたというように唇を噛みしめて佇んでいた。私とユミはびっくりしすぎて何も言えないまま、ぼうっと彼女を見つめていた。

「社長はどこです？」

「社長はおりませんが」

「いてもいなくても、もうどっちでも結構。今日からあの人が現れるまで、ここで待たせてもらいます」

シム・ウィファは自分の家にいるかのような自然な動作で、パーティションの奥に鞄を押し入れた。こんなに早く彼女の奇襲があるとは予想していなかった。社長はこの事態を予感していたかのように数日前から潜伏中だった。この困った状況を前に、私は空気の抜けた風船みたいなため息をついた。休暇に入る前にどっと疲れてしまいそうだ。シム・ウィファは狙いを定めるように目を光らせていた。事と次第によっては、この事務所が彼女の下宿になりそうな勢いだった。

「あの……困ります。ここは会社で、家じゃないんです」

「そんなこと知りやしませんよ。あたしのお腹には社長の子どもがいるんです。社長が出てこないなら、ここから一歩も動きませんから。今日からここで生活するし、何があっても退きません。さっさと社長に連絡してくださいよ！」

逆上したシム・ウィファは青筋まで立てながら大声で怒鳴った。妊娠という言葉に、ユミと私は開いた口が塞がらなかった。ちょうどそのとき電話が鳴った。私が受話器に手を伸ばすと、シム・ウィファが横からさっと奪い取った。

「もしもし！　ここはお別れ業務なんてやってません。だからもう電話しないでちょうだい」

シム・ウィファは受話器に向かって荒々しく声をあげた。会社を倒産させる勢いで殴りこんできたようだし、妊娠しているなんて聞いてしまっては、彼女を追い出すこともできずに黙って見ているしかなかった。もし暴力沙汰にでもなって流産でもしたら一大事だ。窮地に陥った人間は道連れを探すと言うけれど、彼女の矛先が社長ではなく私たちなのは火を見るよりも明らかだった。

「すみません。それって営業妨害ですよ。そんなことしたからって社長は戻ってきませんよ。ですから、今日のところはお帰りください」

私は慎重に彼女の感情を鎮めようと努めた。彼女は私の言葉など聞くそぶりも見せず、大股で蹴上がるようにして机に上がると、べったり座りこんでしまった。

「社長が来るまでは、一歩たりともここを出ていかないって伝えてちょうだい。最後まで現れないつもりなら、この会社はあたしがいただきますから、そのおつもりで！」

目を吊りあげたシム・ウィファは、口から泡を吹いて倒れそうなほど殺気立っていた。頭に白い布を巻いた闘志みなぎる女戦士のようだ。怒りが極限状態に達した彼女の姿は、悲しみを宿した孤独な動物のようでもあった。愛に対してあれほど盲目的で、恐れを知らずに突進する姿を見たら、私にできることなんて何もなかった。愛の前では命なんてたいした価値もないと死を選んだカン・ミフ、病に倒れた息子をひとり残して戻ってきたシム・ウィファ、賞味期限が一年もない男を愛したせいで、無謀にもシングルマザーになってしまった母。二十六歳で結婚に人生を賭けたジュウン。急に頭が混乱してきた。この世に変わらないものはない、という事実だけは変わらないと誰かが言っていたけれど。それでもみな、自分の欲望を燃やしていた。

「出ないね」

たまりかねたユミが社長に電話をかけたが応答はなかった。社長はこの状況を知ったからといって現れるような人間じゃない。シム・ウィファは靴を履いたまま机の上から下りる気配もなく、今度は事務所の電話を自分の携帯電話に転送させてしまった。はなからここで夜を明かすつもりのようだった。こうまでして社長と結婚しなければならない切実さは生きていくためだろうか？　それとも愛のためだろうか？　わからなかった。彼女の剝《む》き出しの愛が不快だった。見ているのがつらくなった私は、後をユミに任せると事務所を出た。

事務所を抜け出すと、なぜだか憂うつな気分に襲われた。こんなときにジャマイカのフォーリー灯台が近くにあったなら、灯台の中で体を縮め、しばらく身を潜めていられただろう。そこならば、地上の出来事を完全に忘れられるのではないだろうか。

家の近くまで来たときに携帯電話が震えた。社長の番号だった。

「シム・ウィファ、事務所に来たんだな？」

社長はすべて知っているというように淡々と尋ねた。

「今から言うことをよく聞いてくれ。どうもついてない方向にこじれそうだ。あの女が今度は妊娠したって脅迫してきたんだが、俺の子だという証拠もないし、さらにまずいのはこの話を元夫が知ったら、ただじゃ済まないだろうってことだ。延辺から出稼ぎに来てる連中とはいえ、集団で襲撃されてみろ。想像するだけでも恐ろしい。しばらく会社から離れるつもりだ。そのあいだの業務は代わりに頼む。落ち着いたらまた連絡するから。今は仕事も何もかも置いておいて、静かになるまで隠れいてるのが上策だと思う」

社長の無責任な潜伏計画に呆れた。

「なんで私がそんな頭の痛いことにまで、神経を使わなきゃいけないんですか？」

「うちの社員だろう？　今すぐ辞めるんじゃなければ、これも運命だと思って黙って引き受けてくれ」

社長はそれだけ言うと一方的に電話を切った。頭の痛いことは私に任せ、自分はどこかに逃げ出すことしか頭にないようだった。あまりにも簡単に降参する社長に、失望と裏切られたという思いが交錯した。会社に対する抱負や情熱を掲げて叫んでいた人間が、一瞬にして女性問題で崩壊するなんて不思議だった。人生の本質は卑劣さと利己心から成っていて、それを少しずつ認めていくのが大人になるということなんだろうか。

男の四十歳はまだ完成形には程遠いらしい。社長を見ていたら三十三歳だったころの父を思い出した。いま考えてみると、私と三歳しか違わない。三十三歳の父は社長のように失敗だらけで、卑怯で、意気地なしの男だったのだろうか。この先の人生はまだまだ果てしなく長いし、何が正しいのかもわからない。父も三十三歳のときは今の私みたいな気分だったのだろうか？　父がもう少し歳をとっていたら、成熟したやり方で私との関係を整理できたのだろうか？　あらゆる考えが頭を巡った。長いこと抑えつけてきた父への感情と別れられるときは来るのだろうか。でも無理やり別れようとは思っていなかった。染みついたこの感情には、いつか自然に別れを告げる日が来るだろうという気がした。

しばらく会社の問題は忘れることにした。海の上で暴風雨に見舞われたら、できることなんて何もない。ただ波に体を委ねるしかないのだ。私は今も恐怖を抱え、暗い場所にひとりぼっちで浮かんでいる。安全な波止場を見つけられるのか、まだ誰にもわからない。

14

南海《ナメ》に向かう高速バスに乗った。私に与えられた時間は三日。ひとり旅をするのははじめてだった。これから進む道が果てしなく遠く思えて、気持ちばかり先走る。だから自分にゆっくり行こうと声をかけた。今は立ち止まるべきときだ。

　これまでは、依頼どおりに一方的に別れを通知し、成果をあげることにあくせくしてきた。依頼者の要求に応じて、非情なまでに人の心から情をむしり取ろうとしてきた。けれど、カン・ミフの死によって、自分が何をしながら生きてきたのか懐疑心を抱くようになった。社長の偽善的な姿にも失望を隠せなかった。もう一度、自分が進むべき道を整理するタイミングだった。

　サービスエリアが近づいてきたころに携帯電話を確認すると、メッセージが届いていた。ユミからだった。

〝ジム・ウィファ、事務所から撤収したみたい。でも、キャリーバッグがベッドの上に置きっぱなしなところを見ると、いつまた殴りこんでくるかわからないかも。ジュウンはハネムーン中だし、カウルさんは旅行中だし、この際だから事務所閉めちゃおうかな〟

〝こんな状況のときに休んだりしてごめん。私が戻ったらユミさんも休んで。今は溜まってるものを空っぽにしないと息が苦しくて〟

〝ただ言ってみただけ。私にも休んでって言ってくれて気が楽になった〟

はじめてユミに同志愛を感じた。心に星がひとつ輝いたような気がした。ピンチの今、ユミの存在がありがたかった。

南海は母が言ったとおり、本当にきれいな場所だった。まず泊まる場所を決め、オーシャンビューの部屋を希望した。ジャマイカのフォーリー灯台は見えないけれど、空と海が一面オレンジ色に染まっていた。湖みたいに穏やかな水平線に、遠くの山々の稜線《りょうせん》が浮かびあがってとても魅力的だった。稜線の後方では、太陽が沈む直前に見せる閃光《せんこう》のような輝きを放っていた。今この瞬間のように、私の人生にももう一度明るさを取り戻せるときが来るはずだ、そんな漠然とした期待を抱いてみた。そしてあの夕焼けを、癒しの日没と名付けた。

疲れが押し寄せてきた。ベッドに横になってあれこれ考えながら寝返りを打つのも悪くないと思った。この心穏やかな平和を誰にも邪魔されずに、ひとりで楽しみたかった。

波が打ち寄せる夜の海をぼうっと眺めていたら、ある人物が頭に浮かんできた。私の周囲は別れの依頼だらけだというのに、生まれてはじめてト・ジヌに自分から手を差し出してみたいという衝動に駆られていた。どんな本を読むか彼と話をしてみたい。自分なりのやり方で彼に告白してみるという、およそ私には似つかわしくない想像をしていたら胸がどきどきしてきた。ジュウンが言ったとおり、のちに別れることになったとしても、感情を無視するのは愚か者のすることだ。人間の後悔には二種類あると思う。叶わなかったことへの後悔、そしてもうひとつは別れたあとに訪れる後悔だ。私はこれまでしてこなかったことを後悔しないようにはじめてみようと思う。たぶん別れたあとの苦しみや後悔なんかで傷つくのかもしれないけれど、それでも恐れないことにした。

「旅行どうだった？」

休み明けに出勤すると、ユミが訊いてきた。

「嫌な記憶をすべて海の底に投げてきたら、すっきりした」

「よかった」

ユミはコーヒーメーカーでホットコーヒーを淹れながら言った。

「そうだ、忘れる前に渡しておかないと」

私は鞄から白い封筒を出すとユミに手渡した。

「何これ。辞表じゃない」

私は頷いた。

「結局こうなるために旅行してきたってわけ。カン・ミフのトラウマを払拭できなかったんだね」

ユミは残念そうな目で私を見ながらマグカップを手渡した。

「今回の件が私には薬になった。悪いことばっかりじゃなかったし」

「それにしても、あんまりじゃない」

「ごめんね。最後まで一緒に頑張れなくて」

「今後どうするか決めてるの？」

「アルバイトでもなんでも、自分のやりたいことをしながら生きてみようと思う。私はお金のためだけには走れない人間なんだってわかったし。考えてみたら、二十代はずっと社会の基準に合わせて生きるのににじたばたするための時期だった気がする。でも三十歳になった今は、そんな自分と決別するときなんだってわかったの」

「旅行中にたくさん考えたんだね。それでも私はちょっと残念だけど」

「ユミさんは私とは違うじゃない」

「私も社長のことを思うと、本当に腹が立つけど、今すぐは辞められない。ここで辞めちゃったら、また不渡小切手の身分になっちゃう。しばらくはジュウンと一緒に事務所をやっていくつもり。社長がいなくてもうまくやれるって見せつけてやるんだから」

ユミはやっぱり現実的だった。そんなユミの姿を悪くないと思った。誰かは現実を生きていかなければならない。全員が私みたいな決断をできるわけじゃない。ユミは私のいない三日間、自分なりに会社の運営に苦慮していたようすだった。

「人と人を別れさせる商品は考え直す必要があると思う。これからは一方的に依頼人の意志を告げるやり方はしないつもり。依頼人にお別れのコーチングをしていこうかと考えてる。別れたい相手が自分から依頼人のことを諦める方向に持っていかせるの」

ユミは新しく構想したプログラムを私に説明してくれた。

「そうだね。いい考えだと思う。依頼人も、その相手も、どっちのプライドも傷つかないように別れられるやり方を提案するのが大事だよね」

私はユミの構想にそう付け加えた。

「ひと言で言うなら、別れにも駆け引きが必要だってこと。恋愛だって駆け引きが必要なんだから、別れるときもそれなりのスキルが求められるってわけ。みんな別れるのが下手だから不安になるんだよ。愛の終着点が別れなら、自然に嫌いになるよう誘導するのはいいアイデアだと思うんだ」

「たくさん愛したほうが敗者になるなら、逆に依頼人の魅力を失くしてあげるってことね」

「依頼人の魅力を失くしていくのって、すごく面白そう」

ユミと私は新世界を発見したみたいに歓声をあげた。そのとき誰かが事務所のドアを開けた。

「いらしてたんですか？」

入ってきたのは意外なことにシム・ウィファだった。シム・ウィファがふたたび私たちの前に現れた。度肝を抜かれるとはこのことだった。

「何をそんなに驚いた顔してるんですか」

「社長は当分ここには戻りませんよ」

「それは知ってますよ。私が今日からここに出勤するんです」

その言葉に仰天したユミと私は顔を見合わせた。

「出勤する？」

ユミが棘《とげ》のある口調で訊いた。

「社長が戻るまで、あたしもここで働くってことです。食べていくためならなんだってやりますよ。あたしだって生きてかなきゃなりません。社長も時期が来れば戻ってくるだろうし、数カ月後にはお腹の子も生まれるのに、じっとしてるわけにはいきませんよ。父親がこの会社の人間だってわかっているのに、おとなしく引き下がると思いますか。言われたとおりなんでもします。こう見えても地元では猪突猛進女子と言われてたんですから」

シム・ウィファは覚悟を決めたように言った。私とユミはなんの反論もできなかった。彼女を見ながら幾人かの女性を思い出した。全員が無謀という共通点を抱えていたけれど、どこか憎めなかった。無謀な行動を一度もしたことがないまま大人になった人なんていないはずだ。彼女の言葉は間違っていなかった。お腹の子どもが生きていくためには働かなくてはならない。それにこの会社がなくならない限り、確実に社長は戻ってくる。

「そうですね。ここで働きながら社長をお待ちください」

ユミは気前よく許してしまった。悩みの種がまたひとつ増えたのではと心配になったけれど、ユミは大丈夫という眼差しを送ってきた。私にはその眼差しの意図がほんの少しわかる気がした。シム・ウィファの人生の一部については理解せざるを得ない。人生が四択問題でないのと同じように、この決定が正解とは限らない。これから最善の答えを見つけていくだけだ。

席についてノートパソコンを広げた。大学時代に書き散らした小説の原稿が文書ファイルにそのまま残っていた。未完成の原稿だったけれど、これを完成させてみたいという意欲が湧いた。これまでは就職活動に漠然と追われ続け、自分を振り返る機会が持てなかった。一度も夢を大切にしてこなかったし、本当にやりたいことをぞんざいに扱ってきた。自分は夢なんて叶えられない人間だと最初から決めつけていたからだ。そう考えるとこの未完成の原稿が原石のように思えてきた。捨てずに残されていた夢の種が芽吹く気がしてきた。

もちろん、ちゃんと水をあげるつもりだ。

「今日、本屋さんでデートしませんか？」

私は質《たち》の悪いプライドを捨て、ト・ジヌにメールした。

私の誘いに、彼はすぐに応じた。

「センスのいい場所ですね」

勇気を出してメールしたのは正しい決断だった。私は彼に会いたかった。はじめて自分の気持ちを隠さず行動に移すことができた。内なる声をはっきりと両耳で聞くことができた。

町中にある書店は平日のせいか、さほど人は多くなかった。私は新刊コーナーを見ながら時間をつぶした。少しして誰かが私の背中を叩いた。ト・ジヌだ。彼の胸から漂ってきた心地よい体臭が鼻腔《びこう》をくすぐった。懐かしいにおいだった。彼は私を見ると、にっこり笑った。その瞬間、店内の雑音が止まったような気がした。頬が熱くなる。無謀な愛に溺れた女性たちは、こういう感情から抜け出せなかったのだろうか。彼を見た途端、鼓動が一気に速くなったことを私はようやく認めた。

「何の本を見ていたんですか?」

「本を探しに来たはずなのに、これといった本が見つからなくて」

「じゃあ、僕が一冊選んであげましょうか?」

彼は爽《さわ》やかな笑みを浮かべると、私をエッセイコーナーに連れていった。

「最近、中国の作家にちょっとハマっていて。この本はどうですか?」

彼が選んだのは、大冰《ダアビン》という作家の本だった。

「大冰は変わった経歴の持ち主なんです。キャスターで銀細工の職人、それから歌手でもあるんです。多才で面白い人ですよ」

「この世は遊び場、ってことですね」

「僕たちもこういう生き方を少し学ばないと。そう考えてみると、本を楽しんでいればいつか本当に本が出せる日が来るかもしれない」

「そのとおりだと思います。そうだ、どっちが先に本を出すか競争しますか？」

「まさか、カウルさんも？　いやあ、ライバルができると、今までなかった意欲が急に湧いてきますね」

他でもない私も作家活動を始めると知り、彼はとても驚いていた。私は辞表を出したことを話した。彼は夢の実現を応援すると言った。そして自分が処女作の読者になるとも言ってくれた。その言葉がうれしくて、私は彼の顔を見ながらずっと微笑んでいた。


数日後にアルバイトの面接を受けた。二交代制で勤務するインターネットのショッピングモールだ。面接は五分で終わり、合格者には午後にメールが送られてくると言われた。面接を終え、ユミのいる〈トロナお別れ事務所〉に立ち寄ることにした。ユミがどれくらい仕事を切り盛りできているのか気になっていた。

事務所の前に立つと、ユミの声が廊下にまで漏れ聞こえてきた。

「もう、だから流行遅れの服で会いに行ってくださいって言ったじゃないですか。

どうして私の言うことを聞かないんですか。それから、八二分けにしました？　したんですか？　ああ、もうほんとに……。歯は磨かないで行くようにって言ったのに、我慢できなくて磨いちゃったってことですね。どうしようもないな。そんな清潔感いっぱいの格好で、どうやって別れるつもりなんですか？　女性に嫌われる言葉のマニュアルは暗記しました？　本当に言うことを聞かない人ですね。今すぐこちらにお越しください。お別れ戦略会議をおこないます」

事務所の外まで聞こえてくるユミと依頼人の会話に思わず笑ってしまった。今日もまた、誰かと別れたい人たちと真剣に向き合いながら、同時に愉快に別れる方法を見つけようと頭を悩ませるユミを見ていたら、不意に小説のタイトルが浮かんできた。

『トロナお別れ事務所』。

著者あとがき

この原稿を書きはじめたのはずいぶん前のことだ。時間の経過とともに内容もだいぶ変わり、登場人物も時の流れに合わせて成長した。必然的にやってくる別れという問題を商品化する時代が来るだろうという想像は以前からあったが、そういう世の中はもう現実のものになってきている。この世に存在しない職業が必要に応じて創造されることも実際にあるわけだ。私の原稿が先に本というかたちで世に出たのはいい気分だ。気分爽快だ。

最近は成人小説を書く作家がYAや童話も書き、童話作家が小説を書いたりもするなど、ジャンルを越えて書く人が増えた。ジャンルの境界も曖昧になりつつあり、私としては大歓迎したい現象のひとつだ。私の描く主人公たちはさまざまな世代を併せ持っている。新しいキャラクターに出会う時間は、いつもときめきと期待に満ち溢れている。

この本が対人関係に苦労している人の癒しとなってくれたらうれしい。この世には自然な「自分」とは何なのか、わからないまま生きている人がたくさんいる。元通りの「自分」になろうという試みは、自分を回復させようという試みでもあり、アイデンティティでもある。自分について顧みる時間もなく、世の中に押し流されて挫折を感じている若者に、自分の心に正直に、やりたいことをやりながら進むには遅くないよ！　と言ってあげたい。

最後に、不完全な原稿をじっくりとチェックしてくださったウネンナムの編集部に感謝申し上げる。文学的にワンランク成長できる道を開いてくださり、本当に心強い味方に出会った気分だった。そして長いあいだ、私とともに黙々と小説の道を進んでいるクォン、ソン、チェ、チョン、キム、イ、それから愛する家族にありがとうと伝えたい。

二〇二〇年　晩秋
ソン・ヒョンジュ

トロナお別《わか》れ事《じ》務《む》所《しょ》

2021年12月10日発行　第1刷

著者　ソン・ヒョンジュ

訳者　古川綾子

翻訳協力　株式会社リベル

発行人　鈴木幸辰

発行所　株式会社ハーパーコリンズ・ジャパン
東京都千代田区大手町1-5-1
03-6269-2883（営業）　0570-008091（読者サービス係）

印刷・製本　中央精版印刷株式会社

ISBN978-4-596-01834-2